AF456088

GABRIELLE DE VERGY,

PAR M. DE BELLOY.

Yth 7718

CETTE Tragédie, ainsi que celle de Gaston & Baïard, se trouve à BORDEAUX, chez les Freres LABOTIERRE.

A BEZANÇON, chez de St. AGATHE.

A LYON, chez ROSSETTE.

A MARSEILLE, chez MOSSY.

A METZ, chez MARCHAL.

A RENNES, chez Jacques VATAR.

A NANTES, chez la Veuve VATAR, & Fils.

A ROUEN, chez Abraham LUCAS.

A CAEN, chez LE ROY.

A STRASBOURG, chez BAYER.

A LILLE, chez JACQUEZ.

GABRIELLE DE VERGY,

TRAGÉDIE;

Par M. DE BELLOY,

CITOYEN DE CALAIS.

Improbe Amor, quid non mortalia pectora cogis?

Virgile.

Le prix est de 30 sols.

A PARIS,

Chez la Veuve DUCHESNE, Libraire, rue Saint-Jacques, au-dessous de la Fontaine S.-Benoît, au Temple du Goût.

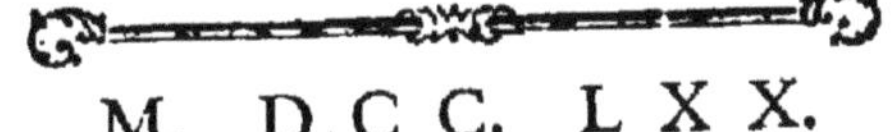

M. DCC. LXX.

Avec Approbation & Privilége du Roi.

ERRATA.

Page 108, Vers 11. cette abîme : *lisez*, cet abîme.

A MONSIEUR DE COUCY.

MONSIEUR,

Je m'acquitte d'un devoir bien cher à mon cœur. La France gémit depuis long-tems sur la cendre de vos Aïeux, croyant leur postérité entiérement éteinte. Eh! comment n'aurions-nous pas regretté cette ancienne Colonne de la Monarchie, cette fameuse Maison de Coucy, dont l'Héroïsme héréditaire est attesté par des Siècles de gloire ? Qu'il m'est doux de consoler la Patrie, en lui montrant un trésor qu'elle possède & qu'elle croit avoir perdu ! Combien je me trouve heureux de m'être obstiné à faire des recherches dans les monumens qui nous restent de Raoul de Coucy ! Je voulais seulement y recueillir quelques fidèles témoignages des exploits & des vertus de ce Héros intéressant ; & mes recherches m'ont conduit par degrés jusqu'aux ruines d'où sortent ses respectables Rejetons. Je me hâte de faire part à la Nation de cette précieuse découverte. La plus grande de toutes les félicités pour un homme qui écrit, est, sans doute, de pouvoir annoncer la Vertu oubliée.

La Vertu oubliée ! Quand elle porte votre Nom ! J'avoue, Monsieur, que j'ai peine à le comprendre. Si celle de vos Ancêtres se fût affaiblie dans leurs descendans, elle aurait mérité d'être méconnue : les Noms perdent leurs droits dès que les Ames dégénèrent. Mais qui pourra concevoir que, depuis deux cents ans, votre sang illustre, toujours versé pour la Patrie, ait coulé avec honneur & sans éclat? Lorsque je vous vois un Oncle, qui finit ses jours dans le simple rang de Brigadier des Armées du Roi, après soixante & deux ans du service le plus distingué; un Père, qui expire dans ce grade inférieur, en comptant quarante-cinq années de combats, & ne pouvant compter les blessures dont il était couvert: lorsque vous-même, Monsieur, je vous vois donner à votre Prince trente ans de votre vie; &, réduit enfin à vous rendre aux besoins d'une famille nombreuse, vous consoler de ce repos nécessaire en exposant l'enfance de l'Aîné de vos Fils à toutes les rigueurs des Campagnes de la dernière Guerre; j'ose dire hautement, & la France entière va s'écrier avec moi: voilà des Coucys dignes de leur Nom, mais qui ne sont point à leur place. Quel exemple accablant de cette fatalité qui rend presque toujours le Mérite dépendant de la Fortune!

C'est aux Maisons Souveraines ausquelles vous avez la gloire d'être Allié; c'est aux Familles puiſſantes qui ont l'honneur d'appartenir à la Vôtre, de faire ceſſer un oubli qui leur eſt injurieux, & de vous rendre un éclat qui doit rejaillir ſur elles. Si ma Tragédie était l'époque de cette heureuſe révolution, ce ſerait un grand événement produit, ainſi que tant d'autres, par une très-petite cauſe. Peut-être aurai-je lieu de me repentir, comme Poëte, d'avoir oſé peindre Raoul de Coucy; mais il eſt impoſſible que je ne m'applaudiſſe pas, comme Citoyen, d'avoir rendu, le premier, un hommage public aux Héritiers de ſon Nom & de ſon courage (1).

Je ſuis avec un profond reſpect,

MONSIEUR,

Votre très-humble & très-
obéiſſant ſerviteur,
DE BELLOY.

---

(1) Le Mémoire ſur la Maiſon de Coucy, que j'ai annoncé à la tête de la Tragédie de Gaſton & Baïard, expoſera les détails de cette filiation. Il paraîtra, ainſi que les autres Mémoires Hiſtoriques, vers la fin de Février.

PRÉFACE.

PRÉFACE.

OBSERVATIONS HISTORIQUES.

L'ÉVÉNEMENT qui fait le ſujet de cette Tragédie eſt-il vrai, eſt-il fabuleux? C'eſt, ſans doute, la première queſtion que feront la plûpart de mes Lecteurs. Mais ce problême exige une diſcuſſion trop étendue pour les bornes d'une Préface; je me propoſe de le réſoudre dans un Mémoire particulier, où je me flatte que le Public trouvera des détails curieux & intéreſſans. Qu'il me ſuffiſe de dire ici, qu'en traçant le plan de ma Tragédie, j'ai cru devoir ſuivre l'opinion commune, fondée ſur le récit du plus grand nombre des Hiſtoriens: *Famam ſequere.*

Mon ſujet était généralement connu par une tradition ancienne, & plus encore par cette Romance délicate & pathétique, reſtée dans la bouche de tout le monde; fruit précieux des loiſirs d'une main reſpectable qui s'honore en protégeant les Arts, & qui les honore en les cultivant. Il n'y a perſonne qui n'ait retenu, entre beaucoup de vers heureux de ce petit Poëme, ces deux vers frappans dont j'ai tiré quelques ſituations de ma Tragédie: Romance de M. L. D. D. L. V.

Il voit le cœur, il en jouit:
Il lit la Lettre, il en frémit.

Roman de Mademoiselle de Lussan.

Le Roman de Mademoiselle de Lussan, intitulé les Anecdotes de la Cour de Philippe-Auguste, a été très-célèbre, & est encore lu avec plaisir. Le style n'y séduit point par cette énergie, cette élégance, cette fraîcheur qu'on trouve dans les Romans d'aujourd'hui; mais le fond de l'Ouvrage offre par-tout le charme puissant d'un intérêt rapide, & sur-tout une vérité, une force dans les caractères, telles que vous croyez toujours avoir les Personnages devant les yeux: vous vous figurez à vous-même les traits, la taille, la voix d'Adélaïde de Coucy & de son père, du Comte de Rhétel, & de la Dame de Rosoi: vous les voyez, vous les entendez. C'est un mérite rare: & peut-être est-ce le premier dans tout Auteur qui raconte: c'est le grand talent d'Homère, & celui par lequel il l'emporte souvent sur Virgile.

La célébrité de ce Roman m'a déterminé à le prendre pour guide dans la disposition générale de ma Fable: je ne pouvais que perdre, en donnant à ma Tragédie une vérité historique plus exacte: j'ai conservé le nom & la qualité des Héros, le lieu de la scène & les principaux événemens.

Noms conservés.

Quant aux noms, celui de *Gabrielle* était trop connu, trop agréable à l'oreille, pour que j'entreprisse de le changer. J'ai rétabli celui de *Faïel*, tel qu'il doit être: la Seigneurie de Faïel existe encore à la Porte de Saint-Quentin; & j'ignore pourquoi Mademoiselle de Lussan a substitué à ce nom véritable, celui de *Fagel*, qui, aïant moins de voyelles, est moins doux & moins sonore.

À l'égard du lieu de la scène, on verra que je ne pouvais guères me dispenser de choisir aussi la Bourgogne; car pour lier & pour rendre vraisemblables les événemens de la Pièce, il fallait les faire passer dáns un lieu voisin de la route que Philippe-Auguste devait prendre pour revenir de Provence à Paris. J'ai donc placé mes Personnages dans le Château d'Autrey, qui appartenait à la Maison de Vergy, & dont une des branches de cette Maison tirait son nom distinctif. Lieu de là Scène.

Par rapport aux événemens, tous ceux qui m'ont paru incompatibles avec les régles ou les bienséances Théâtrales ont été retranchés. Mais lorsque j'ai ajoûté des faits nouveaux, je les ai puisés dans l'Histoire du tems. Racine avait ce scrupule, quand il changeait quelque chose à la Fable: on peut voir dans la Préface de son Iphigénie, comme il cite les autorités d'après lesquelles il a hazardé le personnage d'Ériphile. Nous devons, sans doute, avoir encore plus de délicatesse, quand il s'agit d'un fait tiré de notre Histoire moderne. Événemens Historiques.

Ainsi j'ai représenté Gabrielle comme Sœur de la Duchesse de Bourgogne, parce que dans le même tems à-peu-près il y eut une Alix de Vergy, femme du Duc Eudes III. La puissance de la Maison de Vergy était si grande en ce siécle, que Hugues, père d'Alix, fit la guerre au Duç de Bourgogne, d'abord avec les secours de Philippe-Auguste, & ensuite avec ses seules troupes. Le Duc fut même obligé, selon Du Chesne, de se liguer contre ce Vassal redoutable, avec d'autres Seigneurs de la Maison de Vergy. Ces circonstances pouvant donner plus de considération à mes Acteurs, j'ai dû en profiter.

De même l'amitié dont Philippe-Auguste honorait Raoul de Coucy, & dont ce Seigneur était si digne; le goût des Arts qui commençait à régner dans ce siécle, & que les célèbres Chansons de Châtelain de Coucy nous attestent encore; étaient autant d'avantages qu'un Poëte ne pouvait négliger sans s'exposer à se voir accusé de maladresse.

Pour faire paraître Raoul, il a été nécessaire de supposer qu'il avait survécu au bruit de sa mort & à sa Lettre fatale. Ainsi cette Lettre devient le premier fil de l'Intrigue, & le fondement des soupçons & des fureurs de Faïel. Mais la manière dont j'ai feint que Raoul avait été sauvé d'une mort prochaine, rassemble encore plusieurs traits empruntés de l'Histoire. Saladin attaqua réellement, pendant la nuit, le Camp des Chrétiens, sur la fin du siége d'Acre, (autrement appelée Ptolémaïs). Plusieurs fois, dans d'autres occasions, les Sarrasins se revêtirent des armes & habits des Français prisonniers, pour pénétrer plus sûrement dans nos Tentes, & même dans les Villes que nous avions conquises. Joinville raconte que les Bédouins, excités par le prix d'un besan d'or que le Sultan mettait à la tête d'un Chevalier, entraient furtivement dans le Camp Français, & manquaient rarement de mériter la récompense promise. Dans toutes les Batailles, ils avaient soin de couper les têtes des morts un peu distingués : elles étaient ensuite plantées avec faste, au bout des piques, sur les retranchemens ou sur les remparts des Infidèles. L'Abbé Vély peint, d'après le même Joinville, la désolation de nos Chevaliers, qui étaient toujours jaloux de donner une sépulture honorable à leurs parens & à leurs amis, & *qui ne pouvaient plus en reconnaître les tristes restes dans un amas de cadavres mutilés.*

Il est également vrai que le Roi d'Angleterre fit égorger tous les prisonniers Musulmans, & que les Français témoignèrent plus d'humanité. On sçait que Saladin avait dû en inspirer par ses exemples.

On sçait aussi que, dans ces tems où l'ignorance était profonde en Europe, nos Princes prirent quelquefois leurs Médecins en Asie, & chez les Infidèles mêmes. Par conséquent il n'y a rien que de très-vraisemblable à supposer, qu'un Chevalier fut guéri chez les Arabes d'une blessure que les Français avaient jugé mortelle. Je crois que les Lecteurs éclairés me tiendront compte de cette loi que je m'étais prescrite, de fondre toujours des faits véritables dans les fictions nécessaires à la Tragédie.

OBSERVATIONS DRAMATIQUES.

Les Dissertations qu'on lit à la tête de Brutus & de Sémiramis, serviront d'excuse & d'exemple à celle que l'on va lire. Mon sujet était certainement plus difficile & plus dangereux à mettre au Théâtre, que les deux sujets sur lesquels M. de Voltaire a cru devoir prévenir ses Lecteurs, par des Observations un peu étendues.

Le titre seul de Gabrielle de Vergy annonce une Tragédie du genre le plus terrible : on se croit même menacé d'être conduit jusqu'à l'horreur. Heureusement, depuis quelques années, le Public s'est accoutumé à des situations fortes, que Racine & Corneille n'avaient pas déployées sur la Scène Française. Si vous exceptez le cinquième Acte de Rodogune, & la Tragédie entière d'Athalie ; vous ne trouverez guères dans les chef-d'œuvres des deux Pères de notre Théâtre, ces violens coups de terreur, ni ces Spectacles pompeux & pathétiques qui semblaient constituer la Tragédie des Grecs. Le vrai Génie est créateur : Corneille & Racine se sont fait chacun un genre nouveau, en s'attachant à deux branches de l'Art, peu cultivées par Sophocle & Euripide. Corneille, qu'emportait l'impulsion rapide de son ame véhémente & sublime, nous a tracé les grands tableaux de l'Héroïsme & des triomphes de la Vertu : dessinant, avec une fierté vigoureuse, ces premiers traits de caractère, toujours permanens & qui distinguent les Hommes, plutôt que l'expression changeante de nos passions, par lesquelles nous nous ressemblons tous. Racine, qui suivait le penchant de son ame douce & tendre, nous a développé les faiblesses du cœur, nous a peint les égaremens, les orages des passions humaines : il semblait que la richesse de son coloris enchanteur avait besoin de se répandre dans les détails infinis des nuances vives & délicates de l'Amour, le plus varié

Genre de Corneille & de Racine.

de tous les sentimens de la Nature.

Crébillon est le premier qui ait transporté sur la Sçène Française cette terreur sombre & majestueuse, l'ame de l'ancienne Tragédie. Electre, Atrée & le sublime Rhadamiste, nous ont frappés de ce saisissement profond qui pénétre le cœur de toute part, & qui arrête le sang dans nos veines. Sans parler de la Coupe d'Atrée, le seul second acte de cette Tragédie excita un frissonnement continuel, inconnu jusqu'alors à nos Spectateurs.

Genre des Grecs.

De Crébillon.

M. de Voltaire, réunissant les trois genres de ses prédécesseurs, tour-à-tour & souvent à la fois héroïque, tendre & terrible, a encore enrichi notre Scène des coups de Théâtre frappans & des Spectacles magnifiques des Athéniens. Par-là il est parvenu à donner à l'ame des secousses plus violentes & plus multipliées. C'est lui, sans contredit, qui a le mieux habillé notre Melpomène dans le vrai goût de l'antique. Œdipe, Mérope & Sémiramis en sont des garants immortels.

De M. de Voltaire.

Il est vrai que ces deux derniers Poëtes ont été traités de Novateurs, quand ils ont commencé à ramener l'ancien genre; mais aujourd'hui le Public, accoutumé à toutes les variétés de l'Art, reçoit avec un égal empressement toute Tragédie qui a droit à son suffrage, de quelque genre qu'elle soit. Si plusieurs personnes préférent les Drames dans le goût de Corneille & de Racine, d'autres ont une prédilection marquée pour le goût des Grecs, de Crébillon & de M. de Voltaire. Chaque Spectateur, selon la différence de son caractère, ressent plus ou moins de plaisir en voyant une bonne Pièce nouvelle. Il n'y a de malheureux que ces esprits exclusifs, idolâtres d'un genre unique, & qui n'en veulent point souffrir d'autres. Aïons pitié d'eux; il faut toujours plaindre ceux qui se retranchent des plaisirs.

Genre Anglais.

Convenons cependant, par rapport au genre terrible, qu'aujourd'hui l'on passe quelquefois le but, en faisant trop d'efforts pour y atteindre. On s'est écarté de l'imitation du Théâtre d'Athènes, en poussant trop loin l'imitation du Théâtre de Londres. Un des grands défauts de la plûpart des Tragédies Anglaises, celui qui caractérise le plus le génie de cette Nation, opposé à celui des Athéniens; c'est la terreur portée à l'excès, la terreur dégénérant presque toujours en horreur, & conduisant trop rarement aux larmes. Lisez Hamlet, Macbeth, Richard III; vous frémissez sans cesse, vous ne pleurez presque jamais. Lisez au contraire l'Œdipe de Sophocle, les Bacchantes, Hercule furieux; vous voyez des Spectacles peut-être plus atroces, mais qui finissent toujours par être attendrissans. Or ce n'est qu'à cette condition qu'il est permis de présenter sur la Scène un événement horrible.

Celui des Grecs, quelquefois plus horrible.

Œdipe incestueux & parricide vient sur le Théâtre avec les yeux arrachés & degouttans de sang. Agavé offre à Cadmus son père, une tête encore fumante, qu'elle croit être celle d'un Monstre qu'elle a vaincu: bientôt elle reconnaît la tête de son propre fils. Hercule s'éveille au milieu de ses enfans égorgés, nageans dans le sang & parmi les débris : & tout-à-coup il apprend que c'est lui-même qui, dans son délire, a massacré sa famille entière. Certainement il n'y a rien de si affreux sur le Théâtre Anglais. Mais lisez le désespoir d'Agavé & de Cadmus, celui d'Hercule, sur-tout les douloureuses plaintes d'Œdipe, lorsqu'il embrasse ces êtres infortunés, qui sont à la fois ses fils & ses frères ; l'horreur se change en attendrissement, & le cœur se soulage par un torrent de larmes.

Mais toujours attendrissant.

Si quelque Poëte Grec a laissé ses Spectateurs dans la situation d'une *horreur sèche*, il a été condamné par ses Contemporains. Dans l'Electre de Sophocle, Oreste immole volontairement Clytemnestre, qu'il sçait être sa mère. Loin de sentir aucuns remords de son parricide, il garde assez de sang-froid pour présenter le cadavre à Egisthe, en lui disant que c'est le corps d'Oreste : le Tyran lève le voile qui couvre ce corps ensanglanté, & reconnaît sa femme. Cette abomination révolta ; & elle inspira à Euripide la hardiesse de traiter le même sujet, en l'adoucissant. Il conserva l'atrocité du parricide commis avec une pleine connaissance & une mûre réflexion : mais il donna à Oreste & à sa sœur des remords touchans, qui arrachèrent des larmes de tous les yeux.

Malgré cela, Aristote loue beaucoup le Poëte Astydamas d'avoir changé un peu la Fable, afin de ne point porter l'horreur aussi loin que Sophocle & Euripide, & d'avoir fait tuer Eriphile par son fils Alcméon, dans le moment où ce Prince ignore qu'Eriphile est sa mère. Le désespoir d'Alcméon en devenait bien plus attendrissant. C'est avec des ménagemens à-peu-près semblables que nos Poëtes Français ont traité les sujets d'Oreste, de Sémiramis & de Mahomet; ils ont par conséquent mieux suivi le goût des Athéniens, que Sophocle & Euripide même.

Nécessité de joindre la pitié à l'horreur.

Il n'est pas difficile de trouver dans le cœur humain les raisons de cette règle Dramatique, sur laquelle j'insiste en ce moment. Quand je vais voir une Tragédie, c'est certainement un plaisir que je veux me procurer. Or, si vous ne me remplissez l'ame que d'idées noires, barbares & monstrueuses qui la révoltent, l'humilient & la mettent au supplice; si vous me renvoyez avec une oppression, un étouffement qui me rendent malade; appellerez-vous cela un plaisir? Frappez, percez mon cœur; osez le déchirer, l'écraser par les coups les plus terribles; mais consolez-moi par ce tendre sentiment de la pitié, l'une des plus douces voluptes que la Nature ait sagement ménagées à l'Homme. Je vous pardonnerai de m'avoir oppressé, si vous me délivrez du poids qui m'accable par des pleurs qui me soulagent. Je ne veux souffrir l'horreur, qui est un tourment, que lorsqu'elle me conduit à l'attendrissement, qui est un plaisir. En un mot, les larmes sont le baume salutaire qui doit couler sur les blessures que l'Auteur Tragique fait à l'ame du Spectateur.

Je ne prétends pas faire prononcer un Arrêt de réprobation contre le grand nombre de Tragédies Anglaises, & contre le petit nombre de nos Tragédies, dans lesquelles cette règle dramatique n'a point été observée : je soutiens seulement qu'elles en sont moins agréables ; qu'on aimerait mieux en sortir attendri qu'indigné ; qu'elles manquent d'une des parties essentielles de l'Art ; & qu'il faut des beautés de plus pour faire excuser ce vice.

Sujet de Gabrielle.

Je n'aurais jamais entrepris de mettre sur la Scène le sujet de Gabrielle de Vergy, si je n'eusse pas cru qu'il était possible de le traiter conformément aux principes que je viens d'établir. Mais j'entrevis d'abord que je pouvais adoucir l'atrocité de la catastrophe, & que le reste du sujet fournissait des situations fortes & touchantes, capables de plaire à tous les Spectateurs de tous les Pays. En effet, on imaginera aisément que je n'ai jamais songé à exposer sur le Théâtre la Dame de Faïel mangeant le cœur de Raoul. Pour écarter cette horreur dégoûtante je n'avais pas besoin du précepte d'Horace : *Neve humana palàm coquat exta nefarius Atreus :* il suffisait de consulter la délicatesse Française. D'un autre côté, il aurait été presque aussi désagréable de faire paraître la Dame de Faïel après son horrible repas ; le Spectateur l'aurait cru toujours prête à rejeter ce mets abominable. Se borner à un récit, était une faible ressource dans un sujet dont les premiers Actes, pleins de passions forcenées, devaient avoir trop de chaleur pour permettre un cinquième Acte froid.

Seul moyen de l'adoucir.

Il n'y avait donc qu'un parti à prendre : c'était d'imiter l'Auteur d'Atrée & du Triumvirat ; en tempérant l'excès d'horreur qu'il a hazardé dans la première de ces Pièces, par les adoucissemens qu'il a mis dans la seconde. La Coupe d'Atrée soulève le cœur, lorsqu'elle échappe des mains de Thyeste; parce que *les Spectateurs sont supposés voir* ruisseler le sang que Thyeste portait à sa bouche. Mais, dans le Triumvirat, *l'Actrice seule étant supposée voir* la tête de Cicéron, qui est sous un voile, ce moment n'excite aucune sensation funeste à la Pièce: c'est même la Scène qui a réussi avec le plus d'éclat sur le Théâtre de Paris. Ainsi faire apporter à Gabrielle le cœur sanglant de Raoul, dans un vase où elle seule pourrait le voir, me sembla l'unique façon de risquer sur notre Théâtre cette action atroce, sans qu'elle devînt trop épouvantable. Car certainement les Spectateurs Français n'auraient jamais souffert qu'on exposât l'objet même à leurs regards, quelque bien qu'il pût être imité; & je ne conçois pas comment les Grecs ont pu soutenir la vue de cette tête de Penthée, que sa mère tient par les cheveux & porte fièrement en triomphe.

Exemples d'Atrée & du Triumvirat.

Ce n'est pas tout. J'avais remarqué, en voyant jouer Atrée, que les larmes venaient aux yeux de tout le monde, lorsque Thyeste aïant presque sur les lévres la coupe dans laquelle il ne sait pas encore qu'on lui offre le sang de son fils, s'arrête involontairement, & dit avec cette tendre inquiétude que la Nature lui inspire. *Cependant... je ne vois point mon fils!* Mais j'avais remarqué que le sang-froid barbare du féroce Atrée, que cette ironie noire & détestable *craignez moins que jamais d'en être séparé*, renfonçaient les larmes & transportaient d'indignation. Il ne m'appartient pas de condamner un Maître aussi respectable que Crébillon : mais si j'avais encore le bonheur de raisonner avec lui sur mon Art ; l'expérience générale, la sensation universelle ne m'autoriseraient-elles pas à lui dire : vous nous reprochez de ne nous pas livrer à la douleur pathétique de Thyeste ; & c'est vous qui nous en empêchez, en nous remplissant d'un sentiment plus fort, d'une indignation qui va jusqu'à la fureur, & qui repousse la pitié à laquelle vous nous aviez disposés. Comment faire autrement ? Je n'en sçais rien : c'est, je crois, un défaut de votre sujet : mais enfin c'est un défaut.

Cette observation, que j'avais faite dès ma première jeunesse, m'est revenue à propos, quand j'ai songé à traiter le sujét de Gabrielle de Vergy. J'ai vû qu'il me serait très-facile d'éloigner Faïel au moment où sa femme découvrirait le vase fatal. Ce jaloux furieux doit se proposer de jouïr de sa vengeance ; il doit être prêt à présenter lui-même le cœur sanglant : mais à la vue de sa femme, l'amour doit le retenir. Je l'ai peint plus amoureux qu'il ne l'est dans l'Histoire ; & c'est une contradiction qui caractérise l'amour, que d'ordonner le supplice de ce qu'on aime, & de n'en pouvoir être témoin. Ainsi Gabrielle restant seule sur la scène, avec ce vase redoutable, le Spectateur étant dans la confidence & sachant ce que le vase contient, il me semble qu'on frissonnera à chaque pas que fera l'innocente victime pour s'approcher de la

Différences du sujet de Gabrielle.

table; on ſera tenté de l'avertir de ne pas toucher à ce dépôt terrible : mais ce ſera de l'effroi, ſans horreur, ſans indignation. Le ſeul inſtant où elle découvrira le vaſe paraîtra horrible; mais ce premier coup paſſé, me ſuis-je dit à moi-même, on pourra ſe livrer à tous les ſentimens moins affreux & plus touchans, qui doivent déchirer l'ame d'une amante déſolée : & Faïel ne nous indignant point par ſa préſence, on jouïra d'une ſituation profondément douloureuſe, de cette ſolitude du déſeſpoir, dont l'accablement eſt ſi pathétique.

J'ai fait plus : j'ai eu ſoin que ce vaſe, dont le Spectateur ne peut voir que le dehors, ne reſtât point trop long-tems ſous les yeux même de Gabrielle : & quand elle adreſſe quelques paroles entrecoupées, quelques regrets tendres à ce cœur déplorable, l'éloignement de l'objet rend ſes plaintes plus douces & plus pénétrantes. Enfin, je lui ai donné un délire, que je crois bien naturel après un coup ſi violent & ſi capable de bouleverſer tous ſes ſens : j'ai eſpéré que cet égarement pourait produire une ſituation déchirante, lorſque Faïel arriverait en proie aux plus cruels remords, & convaincu de l'innocence de ſa femme; car elle s'imagine voir entrer ſon père, dont on lui annonce le retour; elle dit à ſon mari tout ce qu'elle dirait à ſon père, ſur ſes malheurs & ſur ſon innocence : chaque mot doit donc percer le cœur du malheureux Faïel, & cette erreur peut mettre le comble au pathétique. Voilà toutes les reſſources que j'ai cru devoir mettre en uſage pour adoucir cette affreuſe cataſtrophe; perſuadé que je perdrais infailliblement du côté de l'horreur tout ce qne je gagnerais du côté de l'attendrissement.

Pour juger plus sûrement de l'effet, j'ai un peu multiplié les lectures de cette Pièce, depuis cinq ans qu'elle est faite : & à force d'observer les impressions différentes que produisait le cinquiéme Acte, je suis parvenu à le conduire au point où on va le voir. En général, j'ai remarqué que les larmes commençaient à couler dès que Gabrielle parle à ce cœur, qu'elle ne voit plus. Si quelques personnes, plus vivement frappées de l'horreur du moment où elle découvre le vase, étaient plus difficiles à attendrir, elles ne pouvaient retenir leurs pleurs à la dernière Scène, lorsque la victime expirante se jette involontairement dans les bras de son bourreau désespéré, en croyant se jeter dans ceux de son père. Si mes Lecteurs éprouvaient la même sensation, ce dont je doute fort, j'aurais approché du but où j'aspirais, en me proposant de réunir le pathétique du Théâtre de Paris à la terreur du Théâtre de Londres.

Je crois cependant que l'effet de tous ces ménagemens sera plus sensible sur la Scène que dans le Cabinet : je pense que, contre l'ordinaire des Tragédies fortement terribles, celle-ci paraîtra plus atroce à la lecture qu'à la représentation. Pourquoi ? Parce que les Lecteurs croiront voir le cœur, & que les Spectateurs seront bien sûrs de ne le pas voir. Les yeux fixés arrêtent l'imagination : mais quand elle ne se repose pas sur un objet présent aux regards, elle tra-

Il est plus terrible à lire qu'à voir.

vaille & elle voit au de-là de ce qu'on veut lui montrer.

Réflexions sur les premiers Actes.

Malgré toutes ces précautions, mon cinquiéme Acte restait encore si terrible qu'il était prudent, pour le faire supporter, de monter les ames au ton le plus tragique dès les premiers Actes. C'est à quoi je me suis attaché, en observant toujours de mêler la pitié à la terreur; en tâchant qu'après une Scène où l'on aurait frissonné, il en vînt une autre où l'on pût s'attendrir. J'ai même voulu jeter au travers de tout ce sombre, plusieurs situations agréables, qui, sans cesser d'intéresser l'ame, pûssent la consoler en l'élevant au-dessus d'elle-même, & en lui montrant toute la dignité de la vertu à côté de l'infamie du crime : à peu près comme on nous fait voir, dans Castor & Pollux, le Ciel un moment avant l'Enfer. Il y a deux Scènes de ce genre dans le quatrieme Acte; elles sont assez neuves, & elles ont été assez communément préférées à tout le reste de l'Ouvrage. L'une est la Scène d'Héroïsme, dans laquelle les deux Amans s'excitent avec une sorte d'ivresse à triompher de la passion la plus véhémente. L'autre est celle où Faïel, prêt de se venger par un lâche assassinat, entrevoit une vengeance plus noble, & la saisit avec transport : c'est une ame Française à qui il suffit de nommer l'Honneur, pour la faire revenir du plus violent accès de sa rage.

Simplicité du Sujet.

On verra que j'ai eu grand soin de conserver dans mon sujet toute la simplicité qu'exige une Tragédie consacrée à développer les tendresses & les fureurs de l'Amour. Cette passion, si féconde en mouvemens si contrastés, se suffit à elle-même dans un Drame. On trouvera ici peu d'Acteurs & peu d'événemens. Andromaque, Zaïre, Bérénice, Ariane, n'ont pas le grand nombre de personnages qui étaient nécessaires dans Athalie, Iphigénie & Sémiramis, ni les incidens multipliés que nous offrent Mérope, Rodogune & Héraclius. J'ai cru n'avoir besoin que de mes trois personnages amoureux, de Faïel, de sa Femme & de Coucy. Mais Coucy ne pouvait paraître, tout au plus, que dans deux Actes; sans quoi son imprudence aurait indigné contre lui. Il fallait donc faire trois Actes avec le Mari & la Femme, & quelques Confidens; cela n'était pas facile, mais cette singularité m'a piqué. On jugera si elle laisse du vuide dans la Pièce, & si elle la refroidit. Parlons maintenant des caractères de ces trois Personnages.

Caractère de Faïel.

Ce qui devait adoucir mon sujet dans son entier, & en retrancher tout ce qu'il pouvait avoir de révoltant, c'était la manière de traiter le caractère de Faïel. Ce personnage était de la plus grande difficulté à présenter sur notre Théâtre sous des couleurs fortes, & cependant agréables. S'il a le bonheur de plaire, tel que je l'offre à mes Lecteurs, c'est peut-être celui qui doit donner le plus de prix à mon Ouvrage. Il y a beaucoup d'Amans & de Maris jaloux sur la Scène Française; il fallait donc d'abord marquer celui-ci par des traits distinctifs. J'ai appuyé avec soin sur les détails que la différence des sujets n'avait pas permis à nos Maîtres d'approfondir. Faïel n'aïant aucun intérêt de politique ou d'ambition, rien ne se mêle à sa passion dominante; c'est le pur caractère de la jalousie, & j'ai pu en marquer toutes les nuances.

J'ai tâché de peindre la dissimulation profonde à laquelle ce sentiment, qui n'ose se montrer, accoutume l'ame qu'il posséde: j'ai fait voir par-tout cet esprit soupçonneux qui court sans cesse au-devant du crime, qui va toujours cherchant son propre malheur; à qui l'indice le plus douteux paraît une preuve évidente; qui combine & arrange un long tissu de piéges tendus autour de lui, & dont le premier fil n'existe pas; qui, croyant tout ce qu'il craint, trouve l'infamie dans l'honnêteté, l'artifice & la fourberie dans la franchise & la candeur. J'ai donné encore à Faïel cette fureur qui accompagne la prétendue certitude que le jaloux croit avoir de son déshonneur; & qui, rejetant la lumière qu'on lui présente, semble desirer de n'être pas désabusée: enfin cette phrénésie cruelle, qui est aussi ingénieuse dans sa vengeance que dans ses craintes; & qui fait que le jaloux se complaît à rafiner sur le supplice de ses victimes, comme il se plaisait à se tourmenter lui-même par la recherche de ses infortunes.

Il devait être intéressant.

Ma plus grande attention a été de rejeter loin de moi tout ce qui pouvait attirer sur ce caractère la haîne ou le mépris. Un mari bassement jaloux, enfermant & maltraitant sa femme; un Florentin de Bocace, armé de clefs, de verroux & de poignards, est un caractère ridicule, réservé à la Comédie. D'ailleurs nos grands Poëtes Dramatiques n'ont presque jamais rendu odieux les personnages que l'amour seul rend criminels. Hermione, Roxane, Phèdre, Rhadamiste, Vendôme, sont très-intéressans & devaient l'être. On en trouve encore la raison dans le cœur humain. Les crimes de l'amour ont toujours pour excuse le délire où cette passion aveugle précipite les hommes : ceux qu'elle enivre & qu'elle tourmente, sur-tout quand ils ne sont pas aimés, sont si malheureux & si dignes de compassion, qu'il est presque impossible qu'ils n'intéressent pas. Mais j'avais, pour attendrir sur le sort de Faïel, des motifs plus puissans qu'on n'en a jamais eu en traitant un caractère de ce genre. 1°. Si mon cinquième Acte paraît trop atroce avec Faïel intéressant, qu'aurait-il été avec Faïel abhorré depuis le commencement de la Pièce ? 2°. Obligé de faire trois Actes avec le mari & la femme seuls; ces trois Actes auraient-ils été supportables, si l'on avait eu sans cesse un monstre devant les yeux ? 3°. Si Faïel persécute sa femme & mérite d'être détesté, Gabrielle est moins malheureuse, puisqu'elle n'a pas de reproches à se faire en le haïssant : au lieu que, forcée à convenir qu'il serait digne d'être aimé, la fatale passion dont elle est dévorée lui coûte plus de remords & la rend plus à plaindre. Les ames délicates sentiront le prix de cette réflexion, & les Connaisseurs savent que le cœur de mon Héroïne devait être le siége de l'intérêt de ma

Tragédie. 4°. Enfin le but moral de cet Ouvrage est de montrer les suites funestes des mariages mal-assortis, des inclinations violentées par des parens despotiques. Eh! comment mieux prouver le danger de cette tyrannie dénaturée, qu'en faisant voir les malheurs & les crimes où elle plonge même quelquefois des ames nées vertueuses?

Il peut l'être.

Au reste, quand j'ai voulu que Faïel fût intéressant, j'ai observé qu'il pouvait l'être. Il n'y a que le moment de sa vengeance barbare qui puisse le faire haïr: encore une différence importante le distingue-t-elle essentiellement des Atrées, des Médées & des autres scélérats de cette espèce; car ils ont tous été les inventeurs de leurs cruautés monstrueuses: au lieu que l'idée d'offrir à Gabrielle le cœur de Coucy ne vient pas de Faïel; c'est Coucy lui-même qui la lui a suggérée par ce projet étrange d'envoyer son cœur après sa mort. D'ailleurs, j'ai donné aux soupçons de Faïel des motifs assez apparens, pour qu'un homme moins jaloux eût pu s'y tromper: & lorsque Coucy a été tué dans le duel, son rival doit, selon les mœurs du tems, regarder sa mort comme une preuve démonstrative des crimes qu'il soupçonne; puisque le duel était alors le jugement du Ciel. Cette fausse conviction l'égare & autorise en quelque sorte sa vengeance. Or nous plaignons toujours un homme qui devient criminel par erreur, & à qui nous disons en nous-mêmes: malheureux, tu ne commettrais pas cette barbarie, si tu sçavais ce que je sçais ; quel désespoir affreux tu te prépares.

Le caractere de Gabrielle paraîtra, je crois, assez nouveau sur la Scène. C'est toujours une entreprise délicate que d'y présenter une Femme mariée, aïant un Amant. Je n'ai donné à Gabrielle ni la vertu tranquile de Mariamne, ni la passion douce & concentrée de Zénobie ; mais la passion la plus ardente, combattue par une vertu égale ; & surmontée enfin par une vertu plus grande. Si l'on trouve que la Dame de Faïel est plus héroïne dans ma Tragédie que dans l'Histoire, j'observerai que les siécles de la Chevalerie nous offrent plusieurs femmes, telles que celle que j'ai essayé de peindre : son caractère est donc vrai, & dans la nature. Qu'on se rappelle les amours du Chevalier Baïard & de la Dame de Eluxas ; c'est le tableau de la passion pure & violente de Raoul & de Gabrielle. Caractère de Gabrielle.

J'ai suivi l'Histoire en faisant mourir Gabrielle de saisissement & d'horreur. Ce n'est pas la premiere femme à qui l'aspect, ou la nouvelle d'un événement effroyable, ait donné la mort sur le champ. Tout le monde connaît ce vers énergique d'une Héroïne de Corneille : *Non, je ne pleure point, Madame ; mais je meurs.* J'ai tâché de rendre cette mort encore plus vraisemblable, en représentant Gabrielle, dès le premier Acte, comme épuisée par une maladie de langueur, qui l'avait déja conduite une fois aux portes du tombeau. Mort de Gabrielle.

Je ne pense pas que l'intérêt répandu sur Faïel

Caractère de Coucy. puisse nuire au personnage de Coucy. Ce vertueux Amant est bien plus aimable que son rival forcené. Mais sur-tout il est aimé, & c'est le grand secret pour intéresser : si Gabrielle plaît, on chérira ce qu'elle adore. J'ose dire de plus, que jamais Amant ne s'est présenté sur la scène dans des circonstances si propres à tourner les cœurs vers lui. On lui a enlevé une Maîtresse qu'il idolâtre, & dont il a été adoré dès l'enfance. Il vient dans le Palais même d'un furieux qui le cherche par-tout pour l'immoler. Enfin c'est l'homme dont on a pleuré la mort une heure auparavant, & dont on s'attendait à voir le cœur inanimé, offert comme le dernier gage d'une fidélité sans exemple. Cette position singulière me paraît bien attachante.

En un mot, je puis avoir mal rempli le projet que j'avais formé, de rendre mes trois Personnages intéressans : mais les Auteurs de Polieucte, de Phèdre, de Rhadamiste, de Bajazet, d'Adélaïde, & même du Comte d'Essex, ont prouvé que ce n'était pas une entreprise insensée & impratiquable.

Conclusion. Je ne sçais si le Public approuvera toutes les observations contenues dans ce Discours : mais il ne peut me blâmer de les avoir soumises à son jugement. Pour que ses leçons nous guident avec plus de sûreté, nous devons lui rendre compte de nos études. Il verra avec quel soin je cherche dans le cœur humain les premiers secrets de mon Art. C'est-là que la Nature les a placés : c'est-là qu'elle offre à tous Auteurs Tragiques une

Mine féconde & inépuisable, dont on se contente aujourd'hui de remuer la superficie, mais dont nos grands Maîtres fouillaient profondément les veines les plus cachées.

PERSONNAGES.

RAOUL DE COUCY.

LE COMTE DE FAÏEL.

GABRIELLE DE VERGY.

MONLAC, Ecuyer de Coucy.

ALBÉRIC, Ecuyer de Faïel.

ISAURE, Amie de Gabrielle.

La Scène est en Bourgogne dans le Château d'Autrey.

Les quatre premiers Actes se passent dans une Gallerie qui communique aux appartemens de Faïel & de Gabrielle.

GABRIELLE DE VERGY,

TRAGÉDIE.

ACTE PREMIER.

SCENE PREMIERE.

FAÏEL, ALBÉRIC.

ALBÉRIC, *après avoir observé de loin Faïel, qui paraît très-agité.*

FAÏEL tremble & gémit ! le fiel qui le dévore,
Tout prêt à s'épancher, semble s'aigrir encore.

FAÏEL, *en s'asséïant.*

Je mandais Albéric, j'allai tout révéler ;
Le voilà devant moi, — je frémis de parler.

ALBÉRIC, *s'approchant.*

Seigneur, vos yeux, chargés de finistres nuages,
D'un sombre désespoir m'annoncent les orages :
Au fond de votre cœur vos soupirs retenus,
S'échappant malgré vous, craignent d'être entendus :
Je vois du noir chagrin, dont l'excès vous consume,
Fermenter dès long-tems la brûlante amertume :
Ce malheur, dans Autrey consternant tous les cœurs,
Change ce lieu paisible en un séjour de pleurs :
Votre Epouse mourante a vu, par la tristesse,
Se faner sur son front les fleurs de la jeunesse.
Quels revers inconnus sement ici l'effroi ?
Ce secret renfermé doit offenser ma foi ;
Il eût volé jadis au-devant de mon zèle.
Albéric n'est-il plus cet Ecuyer fidèle,
Entre tous vos Vassaux choisi par l'Amitié,
A vos destins divers dès l'enfance lié,
Qui dans les champs d'Honneur suivant votre vaillance...

FAÏEL, *lui prenant la main.*

Des bords de la Syrie, aux rives de la France,
Philippe est arrivé. Je vais approfondir
Des horreurs, que je brûle, — & crains de découvrir.

ALBÉRIC.

Comte, vous m'étonnez. Quelle crainte importune
Dans le retour du Roi vous montre une infortune ?
Honorant sa Couronne & le sang des Capets,
Ce Roi, l'amour du Monde, & le Dieu des Français,
A qui mille vertus donnent le nom d'Auguste,
Pour vous seul aujourd'hui deviendrait-il injuste ?
Pour vous, qui, secondant ses rapides exploits,
Au Bourguignon rebelle imposâtes ses loix ?

Déjà le premier don de sa reconnaissance,
Des fruits de la Victoire accrut votre puissance :
Sa politique sage en vous a raffermi
Le rempart qu'il oppose à son fier Ennemi.
Quand le Duc de Bourgogne, opprimant sa famille,
Armait contre Vergy, qui lui donna sa fille ;
Quand ce Père offensé, vous prenant pour vengeur,
De la Duchesse encor vint vous offrir la sœur :
Le Roi, favorisant cet illustre hyménée,
Par un ordre secret en pressa la journée.
Contre les Musulmans prêt à porter ses pas,
Il voulut à vous seul confier ces climats :
Autrey fut, par ses soins, la dot de votre Epouse :
Par vous, bornant du Duc l'ambition jalouse,
Il voit, avec plaisir, tant d'intérêts nouveaux
Diviser, pour toujours, deux célébres Rivaux.
Il soutiendra vos droits sur ce riche héritage,
Et de votre grandeur, sa parole est le gage ;
Ce qu'il promet, Seigneur, est un arrêt des Cieux :
Jamais il n'a tissu ces Traités captieux,
Où l'Art, dans les détours d'une trame trompeuse,
Délie, en l'engageant, sa promesse douteuse :
Ce vil talent des Cours, frêle appui de leurs droits,
Philippe l'abandonne au vulgaire des Rois.

FAÏEL.

Le Roi n'est pas l'objet du trouble qui m'agite.
Je crains un Ennemi qu'il ramène à sa suite,
Un Rival détesté, de qui l'art suborneur
M'a ravi, sans retour, ma gloire & mon bonheur.

ALBÉRIC.

Comment ! & quel Rival pour vous si redoutable.....

FAÏEL.

Triste & honteux secret, dont le fardeau m'accable,
Ton aveu plus honteux doit encor m'allarmer! —
Mais tu brises mon cœur qui veut te renfermer.

(Il se leve).

Il s'ouvre enfin, ce cœur violent & sensible;
D'un chagrin concentré l'éclat sera terrible.

ALBÉRIC.

Parlez. Vous trahissez les droits de votre ami,
S'il ne sait à l'instant quel est votre ennemi.

FAÏEL.

Eh bien! connais l'Objet de ma fureur jalouse,
Connais le séducteur de ma perfide Epouse,
Celui qui cause seul mes tourmens & ses pleurs,
Celui — de qui le sang va payer mes malheurs:
C'est Coucy.

ALBÉRIC.

Quoi! Raoul?..

FAÏEL.

Ce que tu viens d'entendre,
Ce secret qu'en ton sein le mien a pu répandre,
Qu'il y reste caché: si jamais il en sort,
S'il t'échappe un seul mot, c'est l'arrêt de ta mort.

(Avec violence, voyant frémir Albéric.)

Crains-tu de me trahir? quelle terreur te glace?

ALBÉRIC, *tranquilement.*

Je frémis du soupçon, & non de la menace.
Je frémis de vous voir outrager à la fois
Moi, Coucy, votre Epouse, — & vous plus que nous trois.

FAŸEL.

Je maudis, plus que toi, mes ſoupçons déteſtables;
Prouve moi, s'il ſe peut, qu'ils ſont faux & coupables.
Trop ingrate Vergy, qui me fais réunir,
A la douceur d'aimer, le tourment de haïr:
Toi que ma bouche accuſe, & que mon ame adore,
Que j'admire & flétris, que j'offenſe & j'implore;
Plein des feux dévorans qui m'embrâſent pour toi,
Que n'ai-je eu ton amour pour garant de ta foi!
Mais tu hais ton Epoux: vérité trop funeſte! —
Et ce jour accablant m'éclaire ſur le reſte.

ALBÉRIC.

Eh! quoi? votre tendreſſe....

FAŸEL.

Eſt mon crime à ſes yeux:
Mes ſoins ſont importuns, mes reſpects odieux:
Ma préſence l'irrite ou la remplit d'allarmes;
Ses yeux, à mes tranſports, répondent par des larmes:
Au jour de notre hymen, ſa haîne commença,
Sa main reçut ma main, ſon cœur la repouſſa.
Malheureux! je croyais, dans ce moment terrible,
Que ſon ame encor ſimple, à l'amour inſenſible,
Oppoſait à l'Hymen cette douce terreur,
Ces modeſtes refus, ſi chers à leur vainqueur:
Mais j'apperçus trop tard, dans ſa triſteſſe amère,
Des regrets de l'Amour le brûlant caractère.
S'enivrer de ſes pleurs, était ſon ſeul plaiſir,
Elle aimait ſes tourmens, cherchait à les aigrir;
Entraînée au tombeau par ſa douleur profonde,
Un tendre ſouvenir la retint ſeul au monde.
Elle implorait la Mort qui m'ôtait tous ſes vœux;
Elle craignait la Mort qui rompait d'autres nœuds.

Aux portes du trépas je la voyais charmée,
D'être libre à la fin d'aimer & d'être aimée;
Se flattant que sa foi, dans ce dernier moment,
Cessant d'être à l'Epoux, se rendait à l'Amant.

ALBÉRIC.

Eh! Seigneur, se peut-il qu'à vous-même barbare,
Dans ces songes trompeurs votre raison s'égare?
Vous cherchez le malheur: & vous vous tourmentez
Par des illusions que vous-même enfantez.

FAÏEL.

Je ne puis me tromper en jugeant l'Infidelle:
J'aime, cher Albéric, & je souffre comme elle;
Va, les yeux que l'Amour remplit de ses douleurs,
Sans peine en d'autres yeux reconnaissent ses pleurs.
Apprends tout. Quand l'Ingrate allait perdre la vie;
Employant de Monlac l'indigne perfidie,
Raoul osa, près d'elle, ici porter ses pas:
Il vit ses yeux éteints qui ne le voyaient pas;
Il scella, dans ces lieux, d'une bouche insolente,
Ses coupables adieux sur sa main défaillante.

ALBÉRIC.

D'où pouvez-vous sçavoir?...

FAÏEL.

D'Armance l'a surpris:
Mais le Traître était loin quand on m'a tout appris.

ALBÉRIC, *après un peu de réflexion.*

Des ardeurs de Coucy ce criminel indice,
Ne rend pas de ses feux votre Epouse complice:
Elle ignora peut-être, en revoyant le jour,
Et l'audace, & l'éclat d'un téméraire amour.

Mais depuis que Raoul s'éloigna de la France,
Auraient-ils de leurs cœurs trahi l'intelligence?

FAÏEL.

Non. C'est l'unique frein qui peut me retenir:
C'est le doute fatal que je veux éclaircir.
Que dis-je? Au fond du cœur cent fois je me condamne
D'accuser des vertus que le soupçon profane.
Depuis que, par nos cris, le Ciel importuné
L'a rendue aux besoins d'un Peuple infortuné;
De ses soins maternels la tendre inquiétude
Fait du bonheur public sa gloire & son étude:
Son ame, adoucissant & nos loix & nos mœurs,
Redouble ses bienfaits pour venger ses malheurs.
Hélas! les sons touchans de sa voix affaiblie
Pénètrent plus avant dans mon ame attendrie;
La langueur de ses yeux désarme leur fierté,
L'empreinte des douleurs ajoûte à sa beauté.
Graces, Talens, Vertus, dont l'éclat l'environne,
Tout eût fait mon bonheur, que Raoul empoisonne.
Mais du doute mortel dont je suis déchiré,
Il faut qu'en peu de jours mon cœur soit délivré:
D'Armance est dans Dijon, & va bien-tôt m'apprendre
Si ce Rival funeste à la Cour se doit rendre.
Là, mon triste devoir m'appelle près du Roi,
Mon Epouse, à ses pieds, doit paraître avec moi;
Là, mes yeux perceront cette ombre criminelle
Dont sçait s'envelopper une flâme infidèlle:
Et Coucy....

ALBÉRIC.

Que je crains votre bras & le sien!
Rivaux en gloire....

FAÏEL, *avec fureur.*

Attends son trépas ou le mien;
Et peut-être, avant tout, la mort de la Perfide. —
J'éprouve, à chaque instant, ce passage rapide
De la rage au respect, de l'amour à l'horreur:
Mon destin dépendra d'un moment de fureur:
Je pourrais immoler, & venger mes victimes;
Devenir criminel, & punir tous mes crimes;
Vainement la Vertu voudrait les ralentir,
Je ne la connaîtrais qu'au cri du repentir.

ALBÉRIC.

Vous pourriez.....

FAÏEL.

Tout est dit: & si j'instruis ton zèle,
Je ne veux pas l'armer pour venger ma querelle:
Ma gloire n'a jamais d'autre vengeur que moi.
Mais il faut que mes yeux soient éclairés par toi.
Voilà l'unique soin que Faïel te demande:
Un Ami t'en conjure, un Maître le commande.

ALBÉRIC.

Quand je vous blâmerais, il faudrait obéir;
Mais à vous détromper mes soins vont vous servir.

FAÏEL.

Va voir si la Comtesse au Palais revenue....

ALBÉRIC, *regardant vers la porte.*

La voici.

SCENE

SCENE II.

GABRIELLE, FAÏEL, ISAURE, ALBÉRIC.

GABRIELLE, *à Isaure.*

Soutiens-moi.... Je frémis à sa vue.
Quelle contrainte! O Ciel!

FAÏEL, *à Albéric.*

As-tu vu sa rougeur,
Qu'efface tout-à-coup la plus morne pâleur?
Ah! mes yeux, dans les siens, retrouvent-ils la joie
Qu'à son premier abord tout mon cœur lui déploie?
(*A Gabrielle qui s'est approchée.*)
Goûtez-vous en ce jour quelques fruits de vos soins?
Nos Sujets comptent-ils des Malheureux de moins?
C'est pour vous que, sur eux, une Loi plus humaine
De mon joug trop pesant a soulevé la chaîne:
J'épargne à votre cœur son plus cruel ennui,
Ce malheur de souffrir par les malheurs d'autrui.
Puis-je espérer enfin que le soin qui m'enflâme....

GABRIELLE.

Faïel, la bienfaisance est un besoin de l'Ame:
Heureux, elle nous rend notre bonheur plus doux,
L'étend, le multiplie, en prévient les dégoûts:
Malheureux, elle charme & suspend nos misères,
On ressent moins ses maux en consolant ses Frères.

FAÏEL.

Eh! quels maux si pressans cherchez-vous à calmer?
Quelle plainte, ou quels vœux pouvez-vous donc former?
La faveur des Destins rassemble sur nos têtes
Tout ce qui donne un prix à ce rang où vous êtes;
Puissance, Dignités, Gloire, Trésors, Plaisirs,
Tout prévient votre espoir, rien n'attend vos desirs.
Cependant les ennuis, les regrets vous dévorent.
Il est des biens cachés que vos soupirs implorent;
Et ce brillant éclat des jours les plus sereins
S'est perdu dans la nuit de vos sombres chagrins.
Ah! si vous chérissez un Epoux qui vous aime.
Si nos nœuds sont pour vous ce qu'ils sont pour lui-même;
L'Univers n'offre rien, après des nœuds si doux,
Non, rien à desirer ni pour moi, ni pour vous. —
Mais par des pleurs encore allez-vous me répondre?
Vos yeux en sont couverts, & semblent se confondre.

GABRIELLE.

N'avez-vous point ma foi? Quel vain desir, hélas!...

FAÏEL.

Eh! qu'importe la foi que le cœur ne suit pas?
C'est un présent honteux. Il faut que je rougisse
Du bonheur de mes jours, s'il fait votre supplice.
L'amour, premier devoir qu'exige votre foi,
Ici, comme une grace, est reclamé par moi:
Mais vos tristes froideurs....

GABRIELLE.

Est-ce à vous de vous plaindre,
Seigneur? & quels devoirs me voyez-vous enfreindre?
Depuis deux ans qu'ici mon sort m'unit à vous,
J'ai chéri, révéré, consolé mon Epoux.

Vous avez vu la Mort, à mes côtés errante,
Vingt fois m'environner de sa faulx menaçante;
L'abîme du tombeau se fermer, se r'ouvrir;
Il prend, lâche sa proie, & la vient ressaisir.
Dans ce corps défaillant si l'ame est affaissée,
Le sentiment flétri, la raison éclipsée;
Ah! Seigneur, est-ce à moi qu'il le faut reprocher?
Je sens plus que jamais mon heure s'approcher.
L'excès de votre amour, dont je suis attendrie,
A fait de vos douleurs le poison de ma vie;
Eh! quel tourment affreux pour le plus tendre cœur,
D'affliger un Ami dont il veut le bonheur!
Faut-il qu'à mon destin vous attachiez le vôtre,
Quand le Ciel va bien-tôt séparer l'un & l'autre?
Bien-tôt, Faïel, ces traits, ce cœur que vous aimez,
A la Terre rendus, y seront consumés:
Souffrez avec courage un malheur nécessaire,
Qui détruit tôt ou tard l'union la plus chère.
Puisse tout ce que j'aime être heureux après moi! —
Et je meurs sans regret ainsi que sans effroi.

FAÏEL.

Sans regret! — Votre cœur m'en aurait dû, sans doute.
(*Avec amertume.*)
Peut-être oubliez-vous ceux qu'un autre vous coûte? —
(*Gabrielle étonnée le regarde: il se reprend vivement.*)
Un Père.... à votre amour n'en peut-il arracher? —
Mais il forma nos nœuds, il ne vous est plus cher.
A vos yeux cependant il va bientôt paraître:
Vergy, dans nos climats, revient avec son Maître:
Sortis, depuis deux jours, des remparts de Lyon,
L'aurore a dû les voir s'éloigner de Dijon.

Par leur ordre, à l'instant, on vient de me prescrire,
De les suivre à Paris, — & de vous y conduire.

GABRIELLE.

Moi, Seigneur?

FAÏEL.

Oui, Madame: il faut que ce grand jour
Vous rende aux soins brillans, aux pompes de la Cour:
Je vais tout préparer. Ma franchise rigide,
Demande, près des Rois, votre douceur pour guide.
L'éclat peut dissiper vos ennuis odieux,
Toujours nourris d'eux-même en ces paisibles lieux.
S'il vous manque un printems pour compter quatre lustres,
Vos vertus, à la Cour, n'en sont pas moins illustres:
Ses superbes Beautés, que vous seule effacez,
Vous aiment, en pleurant leurs attraits éclipsés:
Et dans le sein des Arts, que vous savez connaître,
Votre esprit occupé va reprendre son être.

GABRIELLE.

Ah! Seigneur, je frémis: où me conduisez-vous? —
Si vous m'aimez encor.... je tombe à vos genous;
Laissez-moi, par pitié, dans ce lieu solitaire.

FAÏEL.

Suivez l'ordre absolu d'un Monarque & d'un Père.
Moi, plus Amant qu'Epoux, vous savez si ma voix
Usa du droit cruel de vous dicter des loix.
Faiel, s'il eût jamais voulu parler en Maître,
Eût commandé l'amour: — mais l'amour ne peut l'être.

(*Il sort.*)

SCENE III.

GABRIELLE, ISAURE.

GABRIELLE, *tombant dans un fauteuil.*

ISAURE, je ſuccombe : hélas ! c'en eſt donc fait !
Ils avaient, à mon cœur, gardé ce dernier trait.
» Suivez l'ordre abſolu d'un Monarque & d'un Père ! »
Leurs ordres, en tout tems, ont cauſé ma miſère.
Quoi ! mon Père & mon Roi ſont mes premiers bourreaux !
Mon ame les adore, & leur doit tous ſes maux !
Ah ! Cruels, pourſuivez : traînez votre victime,
De l'Autel à la Tombe, & du Malheur au Crime.
Vois-tu de mes deſtins quel eſt l'horrible cours,
Et l'abîme où je ſuis & l'abîme où je cours ?
Conçois-tu de Vergy l'imprudence barbare,
Et quels nouveaux tourmens ſa rigueur me prépare ?
Combien il abuſa de ſes droits paternels !
Il m'enchaîne aux malheurs par des nœuds éternels ;
Il ſépare deux cœurs unis dès leur enfance,
Dont ma Mère approuvait l'eſpoir & la conſtance ;
Sa main, pour m'aſſervir à ſes injuſtes loix,
Surprend l'autorité du plus juſte des Rois ;
Et déployant ſoudain l'arrêt de ma ruine,
Précipite, en ſecret, le nœud qui m'aſſaſſine.
Loin de toi, de l'Hymen j'allumai le flambeau ;
Je ne vis point d'Autel, je ne vis qu'un Tombeau.
Interdite, & voulant douter de ma miſère,
Mes timides regards ſe levaient ſur mon Père ;

L'inhumain ! A Faïel il présenta ma foi,
Comme un don de ce cœur qu'il disait être à moi.
Sa hauteur s'assurait que ma simple jeunesse,
Aux yeux d'un inconnu renfermant ma faiblesse,
Devant vingt Chevaliers, n'oserait démentir
Un Père, à qui son sang ne savait qu'obéir.
Hélas ! j'écoutai trop la voix de la Nature;
Et mon Père était sourd à ce tendre murmure.

ISAURE.

Il est trop vrai. Toujours sa Stoïque froideur,
Des Passions, en lui, sut étouffer l'ardeur.
Sur elles conservant un empire suprême,
Il les juge en autrui, comme il les sent lui-même:
Il n'a pu voir en vous ces feux tumultueux,
Qui, des sens enivrés Tyrans impétueux,
Donnant un nouvel être à notre ame asservie,
Font du premier soupir le destin de la vie.
Il crut que, respectant & bénissant son choix,
L'Amour devoit s'éteindre & renaître à sa voix.
De son âge glacé, froide & cruelle idole,
La Politique, hélas ! par ses mains vous immole.

GABRIELLE.

Bien plus. — Mon cher Coucy, son horrible pouvoir
Me défend de t'aimer, — & me force à te voir !
Ah ! pour vaincre un amour dont ma vertu s'indigne,
Pour rendre à mon Epoux ce cœur, dont il est digne,
Le Ciel m'en est témoin, j'ai tout fait, tout tenté;
Mes forces ont toujours trahi ma volonté.
Et j'irais de Raoul braver encore la vuë,
Ses regards tout remplis du poison qui me tuë;
Son affreux désespoir, dont la tendre langueur

Viendrait me rappeler tous ses droits sur mon cœur;
Son génie éclatant, son courage sublime;
Et son fidéle amour, dont l'idée est un crime! —
Raoul, si je te vois, pourrai-je un seul moment
Oublier, près de toi, les traits de mon Amant?
Oublier ce Héros, dont l'aimable sagesse
De son siècle grossier sut polir la rudesse;
Dont l'esprit, déja mûr dès sa jeune saison,
Mêle aux fleurs des Talens les fruits de la Raison?

(*A Isaure.*)

L'instinct de la Vertu, sa pente naturelle,
Rapprocha, sans dessein, nos deux cœurs dignes d'elle;
Quand ce rapport charmant eut su les rassembler,
Il s'excitaient encore à se mieux ressembler.
Sa grande ame éclairait, affermissait la mienne;
Et pour les Malheureux j'attendrissais la sienne.
Ah! tout va m'arracher de coupables regrets. —
Non, je te jure, ô Ciel! de ne le voir jamais:
Roi, Père, Epoux; Tyrans que je ne veux plus craindre,
Vos menaces, vos cris, rien ne m'y peut contraindre.

SCENE IV.

FAÏEL, GABRIELLE, ISAURE, GARDES.

FAÏEL, *à ses gardes.*

QU'ON l'arrête à l'instant & qu'on le traîne ici.

(*Les Gardes se retirent ; il n'en reste que deux dans l'enfoncement.*)

GABRIELLE.

Eh ! qui donc arrêter ?

FAÏEL.

L'Ecuyer de Coucy,
Monlac. En ce Palais il cherche à s'introduire.
Quel dessein l'y conduit ? quel prétexte l'attire ?
Son perfide embarras, ses soins mystérieux....
Vous fremissez ! — c'est vous qu'il cherchait en ces lieux.
Ce n'est pas d'aujourd'hui que ta flâme infidelle
Amena dans Autrey l'Amant qu'elle y rappelle.

GABRIELLE.

Que dites-vous ?

FAÏEL.

Mes yeux à la fin sont ouverts,
Tes crimes dévoilés, tes complots découverts.

SCENE V.

Les Acteurs précédens, ALBÉRIC.

ALBÉRIC.

BANNISSEZ vos ſoupçons, Seigneur. Dans cette Ville,
Monlac, pour peu d'inſtans, demandait un aſyle.
Aux champs du Vermandois il adreſſe ſes pas,
On connaît ſes deſſeins, il ne les cèle pas :
Au père de Raoul, dans ſa douleur mortelle,
Du trépas de ſon fils il porte la nouvelle.

GABRIELLE.

Qu'entends-je ?

FAÏEL, *avec joie.*

Quoi ! Raoul ? .... Il n'eſt plus ?

GABRIELLE.

Je me meurs.

(*Elle tombe dans les bras d'Iſaure*).

FAÏEL.

Albéric ; vois ma honte écrite en ſes douleurs :
Elle l'aime ! — Parjure ! — Ah ! la Mort l'a ſaiſie.
Si mes jours vous ſont chers, qu'on la rende à la vie.
(*Iſaure & les deux Gardes emportent Gabrielle évanouie.*)

SCENE VI.

FAÏEL, ALBÉRIC.

FAÏEL.

(*Il veut ſuivre ſa femme ; mais tout-à-coup il s'arrête, & revient vers Albéric avec un éclat de joie.*)

MON Rival a donc vu terminer ſon deſtin ! —
Mais il était aimé ! — je pourrai l'être enfin ;
O mon ame, reçois ce rayon d'eſpérance. —
(*Il veut encore ſortir, & revient avec réflexion.*)
Quel nuage importun me rend ma défiance !
(*à Albéric.*)
O ſoupçons ! O terreur ! — Les lettres de Vergy,
Parmi nos Guerriers morts ne nomment pas Coucy :
Vivrait-il ? & Monlac par ſa fourbe inſolente......
Oui, mon preſſentiment m'éclaire & m'épouvante.
Ils m'ont trompé jadis : & ce bruit répandu
N'eſt qu'un piége nouveau qui m'eſt ici tendu.
Malheureuſe, fremis ; — ſi tes perfides charmes....
Nous périrons tous deux, je le ſens à mes larmes :
Je ſens que mon amour, qui ſe change en fureur,
Peut faire de ces lieux un Théâtre d'horreur :
(*A Albéric.*)
Viens, perçons ce myſtère. — Ah ! voyons l'Infidelle :
Je jure ſon trépas, & je tremble pour elle.

Fin du premier Acte.

ACTE II.

SCENE PREMIERE.

GABRIELLE, ISAURE.

GABRIELLE.

TON ſecours inhumain me rappelle à la vie,
Et tu penſes remplir les devoirs d'une Amie!
Mon cœur, déja glacé, goûtait quelque repos :
Avec le ſentiment, tu réveilles mes maux.
O doux ſommeil de l'ame! O langueur inſenſible!
Si la mort te reſſemble, eſt-elle ſi terrible?
Iſaure, il ne vit plus ce Héros adoré;
Gloire, Vertu, la Tombe a donc tout dévoré!
O perte dès long-tems par l'amour preſſentie!
Le Ciel même en ſecret m'en avait avertie :
Ecoute ce prodige. Il te ſouvient du tems
Où, pour ravir Solime au joug des Muſulmans,
L'Europe frémiſſante arma ſes plus grands Princes :
Philippe & Richard même avaient, dans nos Provinces,
De Londre & de Paris raſſemblé les Héros,
Surpris que l'Amitié confondît leurs drapeaux.

Ils partaient pour voguer aux champs de l'Idumée,
Quand ma vie en ces lieux paraiffait confumée :
La Mort couvrait mes yeux de fon voile pefant.
Aux yeux de l'Ame encor Raoul étoit préfent :
Je crus le voir ici : non, tel que la Victoire
Me l'a vingt fois offert, embelli par la Gloire ;
Mais tremblant, abbattu, pâle, défiguré,
Levant de loin fur moi fon œuil défefpéré ;
S'élançant tout-à-coup fur cette main glacée,
Que fes lèvres de feu femblaient tenir preffée ;
Et parmi des foupirs, des larmes, des fanglots,
Son cœur au fond du mien fit retentir ces mots :
C'eft le dernier adieu. Cent fois, ma chere Ifaure,
Ici, depuis deux ans, j'ai cru l'entendre encore ;
Je vois pâlir fon front & palpiter fon fein ;
Je fens jufqu'à fes pleurs qui coulent fur ma main :
Sur-tout, depuis trois mois, cette image effrayante,
Raoul, revient fans ceffe affliger ton Amante :
Mon cœur m'a dit l'inftant qui terminait ton fort,
Il a fenti ton cœur fous le fer de la Mort.

ISAURE.

Amie infortunée, ah ! ce n'eft point un fonge,
Où l'erreur de vos fens aujourd'hui vous replonge ;
Vous avez vu l'Amant fi digne de vos pleurs ;
Prèt à quitter la France, il apprit vos douleurs :
Pour ce dernier adieu, fon défefpoir horrible
Vint hazarder fes jours dans ce Palais terrible.

GABRIELLE.

Il vint !

ISAURE.

Si mon effort ne l'en eût arraché,

A votre main, Madame, il mourait attaché :
Votre Epoux, surprenant sa funeste imprudence,
Eût peut-être en son sang assouvi sa vengeance.
Faïel sait tout, sans doute, & ses fougueux éclats,
Ses reproches amers que vous n'entendiez pas....

GABRIELLE, *très-tendrement.*

Dernier prodige, hélas! d'une ardeur si chérie!
C'est sa présence encor qui m'a rendu la vie. —
Tu perds, en me pleurant, ce jour que je te doi;
Tu me vis expirante, & tu meurs avant moi!

ISAURE.

Mais Faïel....

GABRIELLE.

As-tu vu sa joie impitoyable?
Au bruit de cette mort, son triomphe effroyable?
Comme il va s'applaudir, à travers ses fureurs,
D'avoir pu découvrir la source de mes pleurs!
(*Très-vivement.*)
Infortuné Raoul! Ah! douleur qui me tue!
Sans cesse de ta mort jouissant à ma vue,
Je verrai mon Tyran, mon cruel ravisseur,
Me reprocher mes maux, dont lui seul est l'Auteur. —
Quoi! j'outrage Faïel! Mais m'a-t-il opprimée?
Quel est son crime, enfin, que de m'avoir aimée?
Est-ce à moi, qui le hais, d'accuser mon Epoux?
Quand le Ciel me punit, quand son juste courroux
Vient m'enlever l'Objet de ma flâme infidelle,
Ah! sçachons nous dompter, mourons moins criminelle.
Mais on entre. Monlac s'avance ici vers moi!
Imprudent, oses-tu?....

SCENE II.

GABRIELLE, ISAURE, MONLAC.

MONLAC.

Dissipez votre effroi,
Madame. En liberté je puis enfin paraître :
Faïel s'est assuré du trépas de mon Maître.
J'ignore quels soupçons, agitant ses esprits,
Ont démenti la foi de mes premiers récits :
Mais par de longs détours, sa tranquile colère,
Vient de m'interroger avec un front sévere :
La simple vérité, par ma voix, par mes pleurs,
A bientôt devant lui confirmé mes malheurs.
Tandis que son départ promptement se dispose,
Il permet qu'à vos yeux, ici, je les expose.
Madame, il ne sait point que c'est le triste emploi
Dont Raoul expirant s'est remis à ma foi.

GABRIELLE.

Eh bien! pleurons tous deux; — mais le puis-je sans crime?
Oui, pleurons un Héros que mon malheur opprime.
Ornement de son siècle, hélas! il a vécu,
Trop peu pour le bonheur, assez pour la vertu.
Ose me l'avouër, sa mort est mon ouvrage,
Son désespoir sans doute égara son courage;
Il aura prodigué des jours si précieux,
Mais que l'amour trompé lui rendit odieux.

MONLAC.

Je ne vous nierai point qu'aux champs de la Syrie,
Sa valeur n'était plus qu'une aveugle furie,
Qui cherchait les dangers, plutôt que les combats,
Dédaignait la victoire & courait au trépas.
Mais la Gloire, en tout tems par lui si bien servie,
Préparant son triomphe au terme de sa vie,
Lui gardait une mort que les cœurs des Français
Vont tous à sa mémoire envier à jamais.
Dans ces assauts fameux, comptés pout des batailles,
Par qui Ptolémaïs nous vendit ses murailles,
Philippe, le premier sur la brèche élancé,
De nombreux Ennemis par-tout se vit pressé:
Raoul accompagnait sa superbe imprudence:
Dans les rangs enfoncés, tous deux brisent leur lance:
Soudain un Musulman, plus terrible & plus fort,
Porte au Roi désarmé l'inévitable mort:
Raoul, à qui Philippe a tout ravi peut-être,
Se jette sur le coup, le reçoit pour son Maître;
S'applaudit, en mourant, que sa constante foi
Rende à la France encor la victoire & son Roi.

GABRIELLE, *avec force.*

Ah! Raoul, que ta mort est digne de ta vie!
Oui, j'adore ta cendre; & tout me justifie. —

(*Avec tendresse*).

N'a-t-il pu me nommer avant que de mourir?
M'a-t-on privée encor de son dernier soupir?

MONLAC.

Pendant la nuit cruelle où, forçant la Nature,
Son courage l'a fait survivre à sa blessure,
Baigné des pleurs du Roi qui recueillait les siens,

J'entendais ses regards qui vous nommaient aux miens.
Que Raoul était grand, pleuré par un tel Maître!
Le Roi, qui le pleurait, était plus grand peut-être.
A travers mes douleurs, quel spectacle pour moi!
L'Amitié sur le Trône & dans le cœur d'un Roi! —
Enfin nous restons seuls : plein du soin qui vous touche,
Son ame en liberté vient alors sur sa bouche.
Quels regrets! quels transports! quels étranges adieux!
Je crois le voir, Madame, il est devant mes yeux.
» Donnons lui, disait-il, au-delà de ma vie,
» D'un amour sans exemple une marque inouïe.
Il se soulève à peine, il trace lentement
De ce fidèle amour le dernier monument :
Et lorsque des sermens le lien redoutable
Enchaîne encor ma foi, qu'il fait inviolable :
» Dans mon corps expiré ta main prendra mon cœur : —
» Tu frémis! s'il t'est cher, est-ce un objet d'horreur?
» Quitte un vain préjugé; que le cœur de ton Maître,
» A la tombe ravi, te doive un nouvel être.
» Une Amante, un Ami l'occupaient tour-à-tour :
» Je charge l'Amitié de le rendre à l'Amour :
» Ton cœur, où je vivrai, doit au mien ce service.
» Si tu crains de Faïel la jalouse injustice,
» Au généreux Rhétel tu peux te confier :
» Sur-tout, que ce billet soit offert le premier.
(*Il tire le billet.*)

GABRIELLE

Qu'il me fait bien sentir l'horreur de lui survivre!

MONLAC, *lui présentant le billet.*

C'est l'écrit....

GABRIELLE *le prend en détournant les yeux.*

Je crois voir l'objet qui va le suivre.

(*Elle*

(Elle lit :)

Je meurs. Mon ame vit à jamais pour t'aimer :
J'arrache au ſein des morts ſa dépouille mortelle,
Ce cœur que, pour toi ſeule, elle dut animer.
La moitié de ton cœur, ma chere Gabrielle,
Au tombeau, loin de toi, ne veut pas s'enfermer :
Elle va te rejoindre. . . hélas ! quel triſte hommage !
Qu'il va t'épouvanter ! . . . Non ; c'eſt Raoul, c'eſt moi,
C'eſt ce fidèle Amant qui compta ſur ta foi.
Adieu. Mon ame fuit, emportant ton image ;
Mon cœur eſt plus heureux, il reſte auprès de toi.
Ah ! — ton ame long-tems n'attendra point la mienne ;
Ton cœur vient dans ma tombe, échappé de la tienne ;
La Mort, briſant mon joug, va reformer nos nœuds. —
Monlac, je n'oſe plus vers toi tourner les yeux.

MONLAC.

Madame. . . .

GABRIELLE.

Non ; arrête. Attends que mon courage
Prépare ma tendreſſe à cette affreuſe image. —
C'en eſt fait. Il le faut : expirons de terreur.

(Elle ſe tourne vers Monlac.)

MONLAC.

Ah ! ne redoutez point ce ſpectacle d'horreur.
Le Ciel, (dirai-je, hélas ! ou propice ou ſévere ?)
Interdit à mes mains ce fatal miniſtère.

GABRIELLE.

Dieu ! quel eſpoir me luit ?

MONLAC.

Apprenez des malheurs

Qui doivent à vos yeux coûter encor des pleurs.
C'était peu que Raoul mourût pour la Patrie,
Le Sort voulut deux fois sacrifier sa vie.

GABRIELLE.

Que dis-tu ?

MONLAC.

Ce billet m'est à peine remis,
Soudain nous nous voyons entourés d'ennemis :
Je vois l'horreur, le sang, les flambeaux & les armes,
Remplir le Camp Français de débris & d'allarmes.
Saladin, trop instruit du grand Art des Guerriers,
Venait à ses vainqueurs dérober leurs lauriers :
De nos Chrétiens captifs, son adroite imposture
Avait, aux Musulmans, fait revêtir l'armure :
La Mort volait, sans bruit, sur notre Camp trompé.
Dans ce carnage affreux Raoul enveloppé,
Fut, sous mon corps sanglant, massacré sans défense :
Et lorsque de Rhétel l'intrépide constance,
Expiant notre erreur, chassant les Sarrasins,
M'eût arraché mourant de leurs bras inhumains ;
Ni ses yeux, ni les miens, ne purent reconnaître
Les restes déchirés de mon malheureux Maître.
Dans des monceaux de morts mutilés & meurtris,
Chacun cherchait en vain ses frères ou ses fils :
Les Monstres, au Sultan fier de telles conquêtes,
De nos Chefs égorgés allaient vendre les têtes.
Voilà par quel revers le destin, malgré moi,
De mon serment sacré m'a fait trahir la loi.
Pour comble de disgrace, en quittant la Syrie,
La tempête me jette aux rochers de Candie :
Retenu plus d'un mois dans ce triste séjour,

À peine ai-je du Roi devancé le retour :
Et j'arrivais de Gêne aux rives de la Saone,
Quand sa Flotte rentrait dans les bouches du Rhône.

GABRIELLE, *dans le plus grand accablement.*

Est-ce éprouver assez les cruautés du Sort ?
Il veut multiplier ton trépas & ma mort.
Monlac, daigne épargner ma misère profonde :
Que veux-tu qu'à tes pleurs mon désespoir réponde ?
Le sentiment s'épuise en des malheurs si grands :
Une douleur stupide absorbe tous mes sens.
Va, mon dernier moment, que cette lettre avance,
Sera marqué pour toi par ma reconnaissance.

MONLAC.

Eh ! qu'ai-je à desirer ? j'ai perdu mon ami.
Quand j'osai lui survivre, il fut trop obéi ;
Je vous donne la mort, je la porte à son Père ;
Et la trouver moi-même, est le bien que j'espère.
Adieu, Madame.

SCENE III.

GABRIELLE, ISAURE.

GABRIELLE, *se jetant dans les bras d'Isaure.*

Isaure... Amie...

(la repoussant.)

Eloigne-toi.

ISAURE.

Permettez que mes soins....

GABRIELLE.

Non, dis-je. Laiſſe-moi.
L'Amitié même, hélas ! me devient importune ;
Mon cœur veut être ſeul avec ſon infortune.

SCENE IV.

GABRIELLE, *ſeule.*

DANS ſes chagrins profonds qu'il s'abîme à loiſir.
Jouïr de ma douleur eſt mon dernier plaiſir.
Elle a quelque douceur, puiſqu'elle eſt légitime ;
Rien n'y mêlera plus l'amertume du crime ;
Rien ne pourra troubler, par de lâches deſirs,
Mes regrets innocens & mes juſtes ſoupirs.
Dieu, permets-tu ſa mort pour épurer ma flâme ?
Et n'a-t-il, qu'à ce prix, pu vivre dans mon ame ?
Cher Raoul, en mourant, tu m'envoyais ton cœur !
J'en ai frémi. — Je ſens qu'il manque à ma douleur.
Croyant te voir en lui, te parler & t'entendre,
J'épancherais mon ame avec ce cœur ſi tendre :
Bientôt elle pourrait, libre de tout lien,
En ſortant de mon cœur, s'arrêter ſur le tien.
Le Ciel me prive encor de ce plaiſir funeſte,
Et de toi déſormais c'eſt-là tout ce qui reſte.

(*En regardant le billet.*)

Reliſons ce billet, ce garant de ta foi :
Que ce gage ſacré me tienne lieu de toi ;
J'y recueille ton ame : à ton heure dernière,
L'Amour, ſur cet écrit, la porta toute entière.

(*Elle ſe remet à lire.*)

SCENE V.

FAÏEL, GABRIELLE.

FAÏEL, *repoussant Isaure.*

Tu m'arrêtes en vain, fors : — que puis-je penser ?

GABRIELLE, *s'interrompant de lire.*

Ah ! retenons mes pleurs, ils vont tout effacer.

FAÏEL, *approchant.*

Que lit-elle ?

GABRIELLE, *l'appercevant.*

Grand Dieu !

FAÏEL, *se jetant sur la lettre & la lui arrachant.*

Donnez, donnez, Parjure :
Il est tems d'éclairer ta honte & mon injure.
(*Il y donne un coup-d'œil.*)
C'est le seing de Coucy ! c'est ton arrêt fatal.
Tu me fais annoncer la mort de mon Rival ;
Il respire, il t'écrit ! l'ardeur qui vous anime,
Par des détours si bas, concerte encor le crime !
Tremble, tu vas périr.

GABRIELLE, *avec la plus grande tranquilité.*

Lisez, — & rougissez.

FAÏEL, *déconcerté.*

Comment ! quel calme ! ... Eh quoi ! mes transports insensés....
Puissé-je avoir bientôt à me punir moi-même !

(*Il lit le billet rapidement.*)

C'eſt l'adieu de Raoul à ſon heure ſuprême.
Ce gage de ſa mort....

GABRIELLE, *voyant ſa joie.*

Eſt bien doux à vos yeux.

FAÏEL.

Un Amant adoré.... fait ſeul de tels adieux.

GABRIELLE.

Oui, je l'aimais, Seigneur: & j'ai dû vous le taire,
Quand j'ai craint pour vous deux cet aveu trop ſincère.
Allié de mon Roi, fils des braves Coucys,
Digne en tout de ma main & du ſang des Vergys,
Ce Héros me fut cher dès l'âge le plus tendre,
Mon cœur à tous ſes droits fut contraint de ſe rendre:
Si ma Mère eût vécu, Vergy, dans ſon courroux,
Ne m'aurait fait jamais accepter d'autre Époux.
Mais, par un ordre affreux, à l'Autel appelée,
A de vains intérêts en eſclave immolée,
Du pouvoir paternel je ſubis la rigueur;
Il fallut, par ſerment, renoncer au bonheur:
Traînant loin de Raoul ma chaîne infortunée,
A ne le voir jamais je m'étais condamnée:
Il paya de ſes jours ſes vœux ſacrifiés;

(*Montrant la lettre qu'il tient.*)

Voilà ce qui m'en reſte, — & vous me l'enviez!
J'ai combattu, deux ans, cette invincible flâme,
Ce ſentiment, la vie & l'ame de mon ame:
Sans vous, la Vertu même approuvait ſes tranſports,
J'ai connu, par vous ſeul, la honte des remords.
Oſez me reprocher un penchant légitime,

Qui devint mon supplice, & ne fut point mon crime :
Je devais vous garder, & vous gardais ma foi :
Mais l'instinct de mon cœur dépendait-il de moi ?
Je dis plus. Au milieu des tourmens que j'endure,
Me suis-je, devant vous, permis un seul murmure ?
Ah ! c'est mon Père encor qu'ici j'ose accuser :
De ma main, sans mon cœur, il voulut disposer ;
C'est lui qui perd enfin, par sa rigueur extrême,
Raoul, sa fille, vous, & peut-être lui-même.
Son refus, pour vous seul, eût été douloureux ;
Mais, m'unissant à vous, il fit trois malheureux.
Dieu ! par ses seuls regrets daigne punir mon Père ;
Des Enfans immolés, que je sois la dernière !

FAÏEL.

Qu'ai-je fait ? je m'abhorre, & tombe à vos genoux.

(*Elle le retient.*)

Ah ! l'amour qu'on dédaigne a droit d'être jaloux. —
Mais quel supplice affreux moi-même je m'impose !
Je sens deux fois tes maux, quand c'est moi qui les cause.
Né fougueux, violent, extrême en tous mes vœux,
Je ne puis gouverner mes sens impétueux ;
Et depuis que l'Amour, sans rapprocher nos ames,
Dans mon cœur tout de feu, répand encor ses flâmes,
Faïel est, vers vous seule, emporté loin de soi :
Ma funeste existence est plus en vous qu'en moi ;
Mes jours, si vous m'aimiez, seraient purs & tranquilles ;
Hélas ! qu'aux cœurs heureux les vertus sont faciles !

(*Avec un peu de joie.*)

Je crois qu'enfin le Ciel, qui nous unit tous deux,
T'enlève mon Rival pour mieux serrer nos nœuds ;
Il détruit l'aliment de ta flâme funeste ;

Il veut que, ſans combats, la victoire te reſte.
Ton joug eſt déſormais plus léger & plus doux :
Remplis ton ſeul devoir, régne ſur ton Époux ;
Inſpire-moi ton ame & ſi pure & ſi tendre ;
Sur tout ce qui t'approche elle ſait ſe répandre :
A tes rares vertus Raoul dut ſa grandeur :
Rends-moi.... tel qu'il était pour mériter ton cœur.

(Très-vivement.)

Arbitre de mon ſort, maitreſſe de ma vie,
Tu vas, de mes deſtins, répondre à ma Patrie ;
Sur les pas des Héros j'ai ſu me ſignaler ;
Soutenu par ta voix, je puis les égaler.
Tu m'as fait imiter ta noble bienfaiſance,
Je vais la ſurpaſſer. Ah ! vois, pour l'indigence,
Pour mon Peuple épuiſé, tous mes tréſors s'ouvrir ;
Je ferai des heureux, ce ſera m'enrichir.

(Tendrement.)

Mais — promets-moi du moins qu'une cendre inſenſible
Ne rendra plus ton ame à mes ſoins inflexible ;
Que tu vivras pour moi ; que, reſpectant tes jours,
Ta douleur ceſſera d'en corrompre le cours.

GABRIELLE, *le regardant avec douceur.*

Et contre tant d'amour, mon cœur put ſe défendre !
Je le ſens pénétré d'une plainte ſi tendre.
Vous, qui me demandez des leçons de vertus,
Vous en offrez l'exemple à mes eſprits confus.
Ah ! combien devant vous il faut que je rougiſſe !
Commandez, je vous dois le plus grand ſacrifice.
Ciel ! — le puis-je achever ? & détruire, en un jour,
Le ſentiment profond du plus conſtant amour ? —
Je vous offenſe encor. — Mais pourriez-vous me croire,

Si je vantais déjà cette prompte victoire ?
Daignez attendre tout du tems, de mes efforts,
Du droît de vos vertus, du pouvoir des remords;
J'ai honte.... de n'oser promettre d'avantage :
De ma sincérité cette crainte est le gage.
(*Avec fermeté.*)
Seigneur, ne gardons rien qui puisse entretenir
La dangereuse erreur d'un fatal souvenir :
Monlac va vous jurer qu'il n'a pu me remettre
Le don cher & cruel qu'annonce cette lettre :
Sur-tout, à mes regards ne la montrez jamais,
Et ne me nommez point le Héros que j'aimais. —
Je sais que ce n'est plus vous rendre un digne hommage,
Ce n'est plus signaler ma foi, ni mon courage,
Qu'après sa mort, hélas ! oublier mon Amant.
(*Avec douleur.*)
Que n'ai-je le bonheur de l'oublier vivant ! —
Mes jours sont votre bien, & ma juste tendresse....

FAÏEL.

Mon ame s'abandonne à la plus douce ivresse.
Quoi ! du bonheur enfin l'aurore luit pour moi,
Et le don de ton cœur suit le don de ta foi !

SCENE VI.

FAÏEL, GABRIELLE, ALBÉRIC.

ALBÉRIC, *à Faïel.*

ON vient de m'annoncer une étrange nouvelle,
Qu'à vous seul, en secret, il faut que je révèle.

FAÏEL, *vivement, en lui montrant Gabrielle.*

Ah ! parle sans contrainte & ne lui cache rien ;
Ami, mon cœur n'a plus de secrets pour le sien.

ALBÉRIC.

Seigneur.... si vous saviez...

FAÏEL.

Quel est donc ce mystère ?

ALBÉRIC.

A tout autre que vous mes soins le doivent taire.

FAÏEL.

Je tremble.

GABRIELLE, *à part.*

D'où me vient cette sombre terreur ?

FAÏEL.

Madame, permettez : — excusez son erreur : —
Quels que soient les secrets qu'il veut ici m'apprendre,
Croyez qu'en votre sein je courrai les répandre.
(*Elle sort, en les regardant avec la plus vive inquiétude.*)

SCENE VII.

FAÏEL, ALBÉRIC.

ALBÉRIC.

DEs remparts de Dijon d'Armance eſt revenu,
Seigneur; — Raoul reſpire, & d'Armance l'a vu.

FAÏEL, *avec le plus grand éclat.*

O Ciel!.., Quoi! ce billet!... Ah! vois leur impoſture;

(Il donne la lettre à Albéric qui la lit.)

Et — je viens de tomber aux pieds de la Parjure! —
J'avais bien preſſenti leurs noires trahiſons,
Mon cœur m'avait tout dit par ſes premiers ſoupçons;
Malgré l'appas flatteur d'une odieuſe hiſtoire,
Mes doutes obſtinés refuſaient de la croire. —

(Reprenant la lettre avec fureur.)

Eh bien! vante-moi donc leur candeur & leur foi.

ALBÉRIC.

Je reſte confondu. Raoul eſt près du Roi,
Ils ſortaient de Dijon. Philippe, à ſon paſſage,
Veut, aux murs de Vergy, recevoir votre hommage.
D'Armance en vains diſcours ne s'eſt pas étendu;
Ignorant le faux bruit par Monlac répandu,
De l'objet de votre ordre inſtruit par ſes yeux même,
Pour hâter ſon retour, ſon zèle était extrême.
Mais Raoul, un Héros!... il faudrait éclaircir....

FAÏEL.

Lui-même, cette fois, m'apprend à le punir.
Oui, son billet infâme & m'inspire & me guide.
Allons plonger ce fer au sein de la Perfide;
Et courons aussitôt offrir son cœur fumant,
Aux yeux épouvantés de son indigne Amant.

ALBÉRIC.

Seigneur....

FAÏEL, *s'arrêtant.*

Pourquoi frémir! Elle est la plus coupable,
C'est elle qui verra ce spectacle effroyable:
(*Avec un joie amere.*)
Que le cœur de Raoul soit percé le premier.
J'apporterai ce don qu'il feignait d'envoyer.
Au milieu de la Cour, sous les yeux de son Maître,
En montrant cet écrit, je vais frapper le Traître.

ALBÉRIC.

Ah! daignez....

FAÏEL.

Je voudrais, de leur sang odieux,
Les abreuver l'un l'autre, & moi-même après eux.

Fin du second Acte.

ACTE III.

SCENE PREMIERE.

RAOUL DE COUCY, *à un Officier de Faïel.*

VA, fers un inconnu que fon bonheur t'adreffe :
C'eft Rhétel qui m'envoye auprès de de la Comteffe ;
Du fang qui les unit je dois chérir les nœuds,
Je viens chargé de foins importans pour tous deux.

(L'officier fort.)

Refpire enfin, Raoul, dans des lieux qu'elle habite. —
Tous mes fens font émus d'une ivreffe fubite.
Voilà de notre amour les premiers monumens ;
Ces murs, témoins chéris des plus purs fentimens.
Que de doux fouvenirs, dont le charme fuprême,
A qui n'eft plus heureux, tient lieu du bonheur même !
Je gémis ! Gabrielle, en d'autres tems, hélas !
Prêt de te voir ici, je ne gémiffais pas.
Là, même avant nos yeux, nos ames fe cherchèrent ;
Dans nos premiers regards elles fe rencontrèrent.
Là, vingt fois, en fecret, fortant des Champs d'Honneur,

Ta main ceignit mon front des lauriers du Vainqueur.
Lorſqu'au prix de mon ſang je vengeai tes injures,
Tes pleurs, dans ce Palais, ont lavé mes bleſſures:
Ton ame fugitive & prête à s'exhaler,
Par mes derniers adieux s'y ſentit rappeler:
Enfin, malgré la mort, mon cœur venait s'y rendre,
Et, pour être avec toi, ſurvivait à ma cendre.
Trop ingrate Faïel, quels droits j'oſe atteſter! —
Faïel! — Eſt-ce le nom que tu devrais porter?
Sous un joug odieux, ſèchant dans l'amertume,
La langueur du trépas lentement te conſume:
Et mes jours, preſqu'éteints, ont pu ſe rallumer! —
Ne meurs point pour l'amour, vis plutôt ſans m'aimer.
Sans m'aimer! quel eſpoir! — Ah! je fuirai ta vue;
Que pour un ſeul moment elle me ſoit rendue:
Je ne puis accorder mon bonheur & le tien:
Juge combien je t'aime; oui, je renonce au mien.

SCENE II.

COUCY, MONLAC.

MONLAC, *à part.*

POURQUOI me retenir, — & m'obſerver ſans ceſſe? —
Quel ami de Rhétel cherche à voir la Comteſſe?
(*S'approchant de Raoul qui eſt détourné.*)
Eſt-ce vous?...

COUCY, *l'appercevant.*

Toi, Monlac! — Encor dans ce ſéjour!

Aurais-tu donc appris que je revois le jour ?

MONLAC, *immobile d'étonnement.*

Ses traits.... sa voix... Mon maître ! O céleste clémence,
Il vit ! — tu veux encor le bonheur de la France.

(Il se jette dans les bras de Raoul qui les lui tendait.)

Par quel miracle, enfin, nous êtes-vous rendu ?
Le Ciel, le juste Ciel en doit à la Vertu.

COUCY.

O mon Ami, connais quel destin nous rassemble :
Mais dis moi, le premier, les raisons....

MONLAC.

Ah ! je tremble :
Songez que, pour vos jours, tout est à craindre ici :
Le soupçonneux Faïel....

COUCY.

Est aux murs de Vergy ;
Je ne crains rien pour moi. C'est pour sa digne Epouse,
Que j'ai dû redouter sa cruauté jalouse.
Si, dépouillant la pourpre & l'or des Chevaliers,
J'emprunte les couleurs des simples Ecuyers ;
C'est pour elle, un moment, qu'à la honte de feindre
Mon austère candeur a daigné se contraindre :
Et, j'ai choisi l'instant, qu'appelé près du Roi,
Faïel porte à ses pieds les gages de sa foi,
Pour venir m'acquitter d'un soin cruel & tendre,
Le seul qu'à mon amour l'Honneur ne peut défendre.
Mais toi, qui te retient dans ces tristes climats ?
Chez mon Père d'abord as-tu porté tes pas ?
Que son ame sensible allarme ici la mienne !
Le récit de ma mort aura causé la sienne.

MONLAC.

Seigneur, il n'a point ſu ſa perte & mon erreur.

COUCY, *avec tranſport.*

Nature, il eſt encore un plaiſir pour mon cœur!

MONLAC.

L'inconſtance des Mers a retardé mon zèle:
Depuis une heure à peine, aux mains de Gabrielle
J'ai remis ce billet, où vos triſtes adieux....

COUCY.

Des pleurs, en le liſant, ont-ils rempli ſes yeux?

MONLAC.

Ah! j'ai cru cet inſtant, le dernier de ſa vie.

COUCY, *vivement.*

J'aurais dû le prévoir. Quelle était ma furie!
Quels coups ce vain hommage eût portés à l'Amour! —
Va la tirer d'erreur, apprends-lui mon retour. —
Mais non: c'eſt lui donner une mort plus certaine;
Et d'un ſecours trop prompt l'imprudence inhumaine,
Arrachant le poignard, va déchirer ſon cœur. —
Ménage habilement ce dangereux bonheur.
Sur-tout, ſi ſa vertu redoute ma préſence,
De mes feux toujours purs peins-lui bien l'innocence:
Dis que d'un Chevalier je remplis le devoir;
Dis que j'aime ſans crime, & même ſans eſpoir;
Que je ſuis, en un mot, quelque ardeur qui m'inſpire,
Trop digne de ſon cœur, pour vouloir le ſéduire.

(*Monlac ſort.*)

SCENE

SCENE III.

COUCY, *seul.*

MOMENT tant souhaité, que tu me fais frémir!

(Il voit de loin Gabrielle arriver par un côté opposé à celui par où Monlac est sorti.)

Dieu! Là voici! — Monlac n'a pu la prévenir.
Elle marche à pas lents vers cette voûte obscure;
Je vois ses traits divins, l'honneur de la Nature:
Non, jamais sa beauté, dans sa brillante fleur,
N'eut cet appas touchant de la tendre langueur
Qu'un chagrin, que je cause, imprime à tous ses charmes:
Mon cœur est plein de feux, mes yeux trempés de larmes;
Elle parle, écoutons.

(Il se retire sous un portique sombre.)

SCENE IV.

GABRIELLE, COUCY.

GABRIELLE, *se promenant sans voir Coucy.*

RAOUL! du sein des Morts,
Ton Cœur me suit partout & brave mes remords. —
Mais Faïel est parti sans rien daigner me dire!
Cet ami de Rhétel va peut-être m'instruire;

Je l'ai cru dans ces lieux. — Un désordre enchanteur,
Un doux saisissement vient charmer ma douleur.

(*Coucy paraît un peu sans qu'elle le voye.*)

Toi qui ne m'entends plus, hélas ! dès notre enfance
C'est ainsi que l'Amour m'annonçait ta présence.

COUCY, *paraissant tout-à-fait.*)

C'en est trop ; approchons ; je le puis sans effroi,
Son cœur l'a prévenuë, il lui parle de moi.

GABRIELLE.

O Ciel ! quel son de voix sorti de ce lieu sombre ?...
(*Elle regarde.*)
Quel objet ?

COUCY, *approchant un peu.*

Elle tremble ; & moi-même....

GABRIELLE, *se détournant avec frayeur,*

Chère Ombre,
Que je crois voir sans cesse errante à mes côtés,
Ne persécute plus mes sens trop agités.

COUCY.

Daignez voir....

GABRIELLE.

Où fuirai-je ?

COUCY.

Eh quoi ! votre épouvante...

GABRIELLE, *s'appuyant sur une colonne.*

C'est un songe ; & ce Cœur dont l'image présente...

COUCY, *se jetant à ses pieds & lui prenant la main.*

Ce Cœur respire, il vit, il brûle encor pour toi.

GABRIELLE, *avec un grand cri.*

Ah !... se peut-il ?... Raoul ! — tu vis ! — je te revoi !

(*Tendrement.*)
Je ne m'étonne plus si, formé pour te suivre,
Au bruit de ton trépas, mon cœur a pu survivre.

SCENE V.

GABRIELLE, COUCY, ISAURE, MONLAC.

GABRIELLE, *avec transport.*

CHERE Isaure... Ah! Monlac, sais-tu notre bonheur?

MONLAC.

Oui, Madame, & déja....

GABRIELLE, *à Isaure.*

Le voilà mon Vainqueur,
L'Honneur des Chevaliers, l'Idole de la France.

COUCY.

J'ai tout fait pour l'Amour : est-il ma récompense?
L'Amante qu'enchaînait le plus tendre lien....

GABRIELLE, *très-vivement.*

N'a d'ame que ton ame & d'être que le tien.
Je renais avec toi dans ce jour plein de charmes;
Et mes yeux épuisés trouvent encor des larmes :
Mais des larmes de joie, & de ces pleurs heureux,
Que depuis si long-tems nous ignorions tous deux :
Mon cœur, séché d'ennuis, flétri par la tristesse,
S'épanouït enfin dans sa pure allégresse.
Apprends que de ce cœur rien ne put t'arracher,

Le tems serra nos nœuds, loin de les relâcher;
Mes chagrins conservaient cette empreinte si tendre,
Que sur le désespoir l'Amour seul fait répandre.
Ta perte, ton retour, ce prodige nouveau
D'un cœur qui se donnait au-delà du tombeau,
Tout à mes yeux charmés te rend plus cher encore;
Plus que je ne t'aimais, je sens que je t'adore.

(Se reprenant avec la plus grande indignation contre elle-même.)

Que dis-je? — Ah! malheureuse! — Et vous, Cruel! & vous,
Qui savez que je suis sous les loix d'un Epoux,
S'il ne vous reste plus, comme j'aime à le croire,
De projets ni de vœux indignes de ma gloire;
Pourquoi, devant mes yeux, vous venez-vous offrir?
Ingrat! de mes douleurs cherchiez-vous à jouïr?
Trop sûr qu'en vous voyant mille atteintes nouvelles
R'ouvriraient de mon cœur les blessures mortelles.

COUCY.

Moi? jouïr de vos pleurs, ou trahir vos vertus!
Gabrielle, grand Dieu! ne me connaît donc plus!
Elle apprend de Faïel à devenir injuste.
Va, mon cœur est encor le sanctuaire auguste,
Où brula pour toi seule un feu toujours sacré,
Aussi pur que l'Objet qui l'avait inspiré:
Née avec ma vertu, non moins durable qu'elle,
Comme mon ame, enfin, ma flâme est immortelle.
Mais sachez que je viens pour vous sacrifier
Tous les vœux.... votre aspect me fait tout oublier.
Je sens, plus que jamais, dans mes veines brûlantes,
S'irriter de l'Amour les fureurs dévorantes.
Je suis près de l'Objet dont je fus adoré,

O rage ! & ſans eſpoir, je m'en vois ſéparé !
A d'infidèles nœuds votre devoir vous livre ;
Au jour de votre hymen j'ai du ceſſer de vivre.
(*Avec la plus grande fureur.*)
Que ne m'écraſiez-vous, murs de Ptolémaïs,
Avec tant de Chrétiens mourans ſous vos débris !
Hélas ! ces malheureux chériſſaient tous la vie ;
Je la hais, — c'eſt à moi qu'elle n'eſt point ravie !

GABRIELLE.

Modérez donc, Cruel ! ces ardentes fureurs ;
Et par pitié pour moi, commandez à vos pleurs.
Mais dites-moi du moins quel ſujet vous amène, —
Et qui vous a ſauvé d'une mort ſi prochaine.

COUCY.

Vous, Madame. — Oui, vous-même. Et je ne dois le jour
Qu'à ces tendres vertus que m'enſeigna l'Amour.
Lorſque l'altier Richard, plein de ce Fanatiſme
Dont la férocité dégrade l'héroïſme,
Egorgeait ſes Captifs au nom de notre Foi,
Je ſuivis vos leçons, je ſauvai ceux du Roi ;
Je reclamai pour eux la loi conſtante & pure,
Que la Religion reçoit de la Nature.
Ma clémence eut bientôt ſon prix ineſpéré.
Sans défenſe, à mon tour, aux Sarraſins livré,
Mon aſpect attendrit leur cruauté ſauvage ;
Mon nom fut mon rempart au milieu du carnage.
Porté près du Sultan, qui prit ſoin de mes jours,
Je me vis prodiguer l'utile & prompt ſecours
De cet Art qui commande à l'ame fugitive ;
Art négligé par nous, que l'Arabe cultive.
(*Vivement.*)
Ranimé par ſes ſoins, je me dis en ſecret,

Que l'adieu si touchant de ce fatal billet,
Le bruit de mon trépas honoré par vos larmes,
Au bonheur de vous voir, prêterait mille charmes:
Cet espoir, ce desir, qui réchauffait mes sens,
Rendit des végétaux les efforts plus puissans;
Enfin ce fier Sultan, que l'Ignorance abhorre,
Me renvoye à mon Roi qui me pleurait encore:
Tant la Reconnaissance a d'invincibles droits,
Par qui l'Humanité nous rappèle à ses loix;
Sans distinguer le Culte & l'Empire où nous sommes,
L'Homme chérit toujours le bienfaiteur des Hommes.

GABRIELLE, *réfléchissant avec douleur.*

Quoi! L'Asie en Raoul vante son Bienfaiteur!
En lui mon Souverain voit son Libérateur!
Partout où le destin nous donna la Victoire,
Son Nom est le premier qu'ait prononcé la Gloire!
Et quand tout l'Univers adore tes vertus,
Seule on m'a condamnée à ne t'adorer plus;
Moi que chérit ton cœur, qui t'aimai la premiere...

COUCY.

Ton ame m'appartient malgré la terre entière;
Eh! depend-il de nous d'éteindre un si beau feu?
A-t-il, pour s'allumer, attendu notre aveu?
Ame de notre vie, il ne peut cesser d'être,
Qu'avec les doux rapports qui dans nous l'ont fait naître.

GABRIELLE.

Dieu! quel oubli honteux égare nos esprits!
Tous les deux à l'instant nous en serons punis.
Je triomphe en fuyant, je sors de ta présence.
Ne me voyez jamais: respectez ma défense.

COUCY.

Arrêtez un moment; promettez-moi du moins,

Que vos jours conservés....

GABRIELLE, *vivement.*

Ah! quels funestes soins
De prolonger mon crime & l'horreur qui m'accable!
Je sens que chaque instant me rendra plus coupable.

ÇOUCY.

Envers qui? Vous!

GABRIELLE, *plus vivement.*

Envers un Epoux vertueux,
Qui donnerait son sang pour voir mes jours heureux;
Que j'aimerais sans toi: mais dont mon injustice
Regarde les bontés comme un affreux supplice.
Sais-tu qu'à cet Epoux, ici même, en ce jour,
Mon devoir a promis d'oublier ton amour?

ÇOUCY.

Quoi! Faïel a connu notre ardeur mutuelle?

GABRIELLE.

Ta lettre est dans ses mains.

COUCY.

Vous avez pu, cruelle.....

GABRIELLE.

Eh! n'en sois point jaloux. Va, cet écrit vainqueur,
Sans cesse, en traits de feu, se retrace en mon cœur. —
Mais où m'emporte encore un souvenir trop tendre?
Pars, sauve à ma vertu l'affront de se défendre.
Tu mourais pour l'Amour, va vivre pour l'Honneur.

COUCY, *avec accablement.*

Eh! qu'importe la Gloire à qui perd le Bonheur?

GABRIELLE.

Ton Roi que tu chéris....

COUCY.

C'est lui qui nous sépare.

GABRIELLE, *avec vivacité.*

Sans savoir nos malheurs! Ingrat! il les répare :
Tu règnes dans sa Cour; ses bienfaits..

COUCY.

Ah! sans toi,
La Cour, le Monde entier, n'est qu'un désert pour moi.

GABRIELLE.

Tu devrais me donner l'exemple du courage.

COUCY, *toujours abbattu.*

Je dois, perdant le plus, me plaindre d'avantage.

GABRIELLE, *toujours vivement.*

Ton ame peut du moins exhaler sa douleur,
Mes chagrins renfermés vont dévorer mon cœur:
Va gémir loin de moi, rien ne peut te contraindre,
Laisse-moi la douceur d'être la plus à plaindre.
Allez enfin, songez que des murs de Vergy,
Faïel, en peu d'instans, peut revoler ici.
Du bruit de votre mort sa haine détrompée,
A découvrir vos pas, est sans doute occupée :
Peut-être il sait déjà qu'arrivé dans ces lieux....

COUCY.

D'Armance était le seul dont je craignais les yeux:
Mais il ne m'a point vu.

GABRIELLE.

Quel bruit se fait entendre!
(*A Monlac & Isaure.*)
Voyez tous deux.

(*Ils sortent.*)

Hélas! s'il venait vous surprendre!

Eh ! comment pourriez-vous échapper à ſes traits ?

ISAURE, *rentrant.*

Seigneur, c'eſt Faïel même.

GABRIELLE.

Ah ! fuyez pour jamais.

COUCY.

Moi, fuir ?

GABRIELLE.

Veux-tu riſquer mon honneur & ma vie ?

COUCY.

Je ſors : à votre honneur le mien ſe ſacrifie.

(*Il fait un pas & revient.*)

Mais Monlac....

ISAURE.

Il arrête & va tromper Faïel.

(*Coucy ſort par une des Couliſſes du devant du Théâtre.*)

GABRIELLE.

Allons cacher ma honte & mon trouble mortel.

(*Elle ſort par l'autre côté avec Iſaure.*)

SCENE VI.

FAÏEL, ALBÉRIC, GARDES.

FAÏEL, *entrant par le fond du Théâtre, l'épée à la main, & regardant sortir Gabrielle.*

Elle fuit! Elle est seule! — Ah! c'est Monlac, ce Traître....
En osant me combattre, il a sauvé son Maître.
Du moins le téméraire est tombé sous mes coups.

ALBÉRIC.

Le voici tout sanglant qui se traîne vers vous.

MONLAC, *blessé, & parlant avec peine.*

Seigneur, que de ma mort votre haine contente....
Raoul.... est vertueux.... votre Epouse.... innocente....
J'expire.

(Il meurt.)

FAÏEL.

L'Imposteur! Qu'on l'ôte de mes yeux.

(On l'emporte.)

Qu'on ferme ce Portique. Environnez ces lieux,
Poursuivez, découvrez, amenez son Complice.

(La plus grande partie des Gardes sortent.)

Que devant la Parjure ici même il périsse.

(A Albéric.)

Fais-la venir.

ALBÉRIC.

Seigneur, ce courroux violent....

FAÏEL.

Je vais me commander. Cachons ce fer sanglant. —

(Il remet son épée.)

Tes crimes, à mes yeux, ont flétri tous tes charmes;
Mon cœur s'est endurci par tes perfides larmes.
Non, ni pitié, ni grace. Ah! mes justes fureurs
Sçauront de tes forfaits surpasser les horreurs.

(Il se promène à pas précipités.)

Je veux, accumulant mes affreux sacrifices,
Voir les maux de Raoul — accrûs par tes supplices;
Ralentir son trépas — pour prolonger le tien; —
L'arracher de ton cœur; — t'immoler dans le sien;
Et, sous des flots de sang répandus par ma rage,
Eteindre mon amour, & laver mon outrage!

(Il s'appuie sur une colonne.)

ALBÉRIC.

Mais de tout ce complot êtes-vous éclairci?
Pourquoi publiaient-ils le trépas de Coucy!

FAÏEL, *se relevant avec fureur.*

Que sais-je? aux pieds du Roi dès que j'ai pu paraître,
Parmi les Courtisans, ne voyant point le Traître,
J'ai su qu'avec mystère on l'avait vu partir:
J'ai jugé qu'en ces lieux il venait me trahir,
Et sans plus m'informer, sans vouloir rien entendre,
J'ai revolé soudain pour le pouvoir surprendre.
Le Mensonge, fertile en détours si divers,
Les a tous épuisés dans ces deux cœurs pervers:
Tantôt, lorsque l'Ingrate employait la prière,

Pour rester, loin de moi, dans ce lieu solitaire;
Son refus obstiné de me suivre à la Cour,
De son Amant ici ménageait le retour.
Ce lâche Confident, ce précurseur du crime,
(Qui dut être en effet ma première victime,)
De son Maître, avec art, vient devancer les pas;
Il couvre son retour du bruit de son trépas: —
On me laisse ravir cette lettre odieuse,
De l'imposture encor recherche industrieuse!
Et la Parjure affecte un aveu plein d'honneur,
Pour pouvoir, sans danger, recevoir son Vainqueur! —
Mais on ne revient point, il échappe à ma haine.

ALBÉRIC.

Je conçois trop, Seigneur, que toute excuse est vaine;
Leur entrevue ici prouve assez leurs amours.
Mais pourquoi cette lettre & tous ces noirs détours?
Il faut qu'avec tant d'art cette trame tissue
Ait voilé des projets....

FAYEL.

N'en vois-tu pas l'issue?
Monlac, dans son transport, m'allait percer le sein; —
Son Maître, en se cachant, a le même dessein;

(*Se promenant encore.*)

Et l'Ingrate.... Ah! souvent une Epouse infidelle,
Dans le sang d'un Epoux plonge sa main cruelle:
Elle se lasse enfin d'attendre son bonheur
D'une mort, qu'en secret peut hâter sa fureur;
Et suivant des forfaits la pente trop rapide,
Quelquefois l'adultère entraîne au parricide.
Oui, ma mort est l'objet de tes lâches amours. —
Je ne puis plus t'aimer, que m'importent mes jours?

Allons, il faut du ſang à ma vengeance avide.

(*A Albéric.*)

A mes yeux, dans l'inſtant, amène la Perfide;
Je le veux.

(*Albéric ſort.*)

Mais plutôt, pour ſe faire un effort,
Je ſens en ce moment mon courroux aſſez fort.
Que ma rage tranquile en ſoit plus implacable,
Imitons Gabrielle en ſon art déteſtable:
Prêtons un front ſerein aux plus noires fureurs;
Et, pour que ſon ſupplice ait encor plus d'horreurs,
Laiſſons-lui quelque tems ſa crédule allégreſſe,
Paraiſſons ignorer les piéges qu'on nous dreſſe.

ALBÉRIC, *rentrant.*

La voici.

FAÏEL, *mettant la main à ſon poignard, & s'arrêtant.*

Dieu! commande à mon bras égaré.

(*A Albéric.*)

Cours, vois ſi ſon Amant va m'être enfin livré;

(*A tous les Gardes.*)

Je t'attends. — Vous, reſtez ſous la voûte prochaine.

SCENE VII.

GABRIELLE, FAÏEL.

FAÏEL.

MADAME, auprès de vous mon amour me ramène :
Prêts à nous séparer.... sans doute pour long-tems,
Je viens vous confier quelques soins importans.
Vous voulez fuir la Cour, & j'y souscris sans peine ;
Seul, je suivrai Philippe aux rives de la Seine ;
Puisqu'Autrey désormais a pour vous tant d'appas,
De ces lieux si chéris.... vous ne sortirez pas.
J'ai su, près du Monarque, excuser votre absence.
De vos justes raisons j'ai senti la puissance ;
Votre vertu craignait de revoir un Amant, —
Et doit plus que jamais le craindre en ce moment ;
Car, je n'en doute pas, vous êtes informée,
Que Raoul, démentant la vaine Renommée,
Vit & revient vainqueur. — Jugez si, dans ce jour,
Où j'ai connu par vous sa flâme & votre amour ;
J'approuve & je chéris la noble retenuë, —

(*Avec ironie.*)

Qui fuit, si prudemment, les dangers de sa vue.
Mon cœur, à des soupçons ne peut plus s'arrêter ;
Je sais sur vos sermens combien je dois compter.
Vous n'abuserez point du tems de mon absence,
Pour souffrir de Raoul la coupable présence :
Et si, dans ce Palais, il osait pénétrer,

(*Avec menace.*)
Vous-même, à mes vengeurs, il faudrait le livrer.

GABRIELLE.

Seigneur, sans mon aveu, si sa flâme indiscrette,
Osait chercher ma vue & troubler ma retraite;
Je croirais que l'Honneur, l'exilant sans retour,
Et vous révélant tout, fléchirait votre amour.

FAÏEL, *impétueusement.*

Rien ne le sauverait de ma fureur extrême. —
(*A part.*)
Je m'emporte.

GABRIELLE, *à part.*

Gardons de me trahir moi-même.

FAÏEL, *plus tranquile.*

Ce nouvel Ecuyer, dans ma Cour inconnu,
Au nom de votre Amant est peut-être venu?

GABRIELLE, *tremblante.*

De Raoul!.. vous croiriez?...

FAÏEL.

Que j'aime à voir ce trouble!
(*Ironiquement.*)
Il me rassûre. — Eh quoi! votre frayeur redouble!
Quel en est donc l'objet?

GABRIELLE, *se remettant.*

Rien ne doit m'effrayer;
Sans mystere, en ces lieux, j'ai vu cet Ecuyer;
Monlac a su, par lui, le retour de son Maître.

FAÏEL.

Monlac l'attend ailleurs. — pour peu d'instans peut-être.
Mais l'ami de Rhétel devrait-il se cacher?

GABRIELLE.

Il eſt parti.

FAÏEL.

J'en doute, & je le fais chercher.

(*Amèrement.*)

Comme il connaît Raoul, je lui voudrais apprendre,
S'il ſonge à me tromper, le ſort qu'il doit attendre.

(*A part, avec joie, en voyant entrer ſes Gardes.*)

Il vient, j'entends du bruit...

(*A Albéric.*)

Eh bien?

SCENE

SCENE VIII.

GABRIELLE, FAÏEL, ALBÉRIC, GARDES.

ALBÉRIC, *bas à Faïel.*

C'EST vainement
Qu'on le cherche au Palais; on croit qu'en ce moment,
Dans la Ville...

FAÏEL.

(*Bas.*) (*Haut à sa femme.*)

J'y cours. — Il faut qu'en mon absence,
D'Autrey, contre le Duc, j'assûre la défense;
Aux soins de mon départ mes ordres vont pourvoir:
Mais dans quelques instans, — je pourrai vous revoir.
(*Il fait un pas & s'arrête.*)

Ma flâme, à son aspect, malgré moi se ranime:
Tout prêt à la frapper, j'adore ma victime.

(*Il sort avec les Gardes & Albéric.*)

GABRIELLE, *anéantie.*

De mon accablement j'ai peine à revenir.
Quels sont ces noirs transports qu'il semblait retenir?
Saurait-il que Raoul?....

SCENE IX.

GABRIELLE, ISAURE.

GABRIELLE.

Ah! viens, ma chere Isaure:
Apprends quel est l'effroi, l'horreur qui me dévore:
Si j'en crois de Faïel le courroux inquiet,
Il a su de Raoul le voyage secret.
Monlac, en le quittant, a-t-il frappé ta vûe?
Et de leur entretien, sait-on quelle est l'issue?

ISAURE, *avec saisissement.*

Madame, la terreur est dans tous les esprits.
Sur les fronts consternés, vos malheurs sont écrits.
Tout semble en ce Palais se troubler, se confondre;
Quand j'interroge, à peine on ose me répondre;
Quand je nomme Monlac, on me fuit en tremblant:
J'ai cru voir un Soldat cacher son bras sanglant.

GABRIELLE, *avec éclat.*

Ah! c'en est fait. Voilà le signal du carnage.
Monlac est le premier qu'ait immolé leur rage.
O malheureux Coucy! qu'allez vous devenir? —
Viens; que j'aye, avant lui, le bonheur de mourir;
Et que Faïel enfin, dans sa haine barbare,
Rejoigne, en les perçant, ces deux cœurs qu'il sépare!

Fin du troisième Acte.

ACTE IV.

SCENE PREMIERE.

GABRIELLE, ISAURE.

GABRIELLE.

Isaure, vainement tu me veux raſſûrer,
Dans mes ſens éperdus l'eſpoir ne peut rentrer.
Autour de nos remparts cette Garde aſſemblée,
Que Faïel, en partant, a même redoublée,
M'annonce que Raoul n'aura pu les franchir :
Et tant qu'il eſt ici, puis-je ne point frémir ?

ISAURE.

Dans les remparts d'Autrey quand il ſerait encore,
Que craignez-vous pour lui, puiſque Faïel l'ignore ?
Penſez-vous, ſi Faïel l'eût jamais ſoupçonné,
Que, ſans rien éclaircir, il ſe fût éloigné ?
Votre Epoux, vers Paris, vient de ſuivre Philippe ;
Qu'au moins par ſon départ votre effroi ſe diſſipe.
Et n'avez-vous pas vu, dans ſes tendres adieux,
Que le ſoupçon jaloux ne troublait plus ſes yeux ?

GABRIELLE.

Ce honteux ſentiment, ſoigneux de ſe contraindre,
Donne aux Cœurs qu'il remplit l'habitude de feindre.

ISAURE.

Mais toujours de Faïel les tranſports enflammés
Décèlent, malgré lui, ſes chagrins renfermés.
Je n'ai plus retrouvé ſur ſon viſage empreinte
D'un Jaloux inquiet la pénible contrainte.

GABRIELLE.

Hélas! en un moment peut-il ainſi changer?
C'eſt ce calme ſuſpect, dans ſon ame étranger,
Qui redouble l'effroi dont je me ſens frappée.
A m'obſerver moi-même en ſecret occupée,
Peut-être que mon trouble a mal jugé du ſien.
D'ailleurs avec Monlac ſon paiſible entretien,
Le récit qu'en ont fait Albéric & d'Armance,
Sont autant de raiſons contre ma défiance;
Mais je ne pourrai voir mon tourment adouci
Qu'on ne m'ait répondu des deſtins de Coucy.
Vois du moins...

ISAURE.

Je voudrais qu'il pût encor paraître;
Qu'un dernier entretien lui fît enfin connaître,
Que vos jours expoſés par un nouveau retour,
Révolteraient enſemble & l'Honneur & l'Amour.
Qu'un Héros, un Amant généreux & fidèle,
Doit à votre repos une abſence éternelle.
Vous ſeule, à ces raiſons, donneriez tout leur poids;
L'Amant déſeſpéré n'entend plus qu'une voix:
L'Arrêt, qui le réſout à s'immoler lui-même,
Doit être prononcé par la bouche qu'il aime.

GABRIELLE.

Non, ce n'eſt pas de moi qu'il le doit recevoir.
Epargne moi plutôt le danger de le voir.
Que, depuis ce matin, ſon aſpect m'épouvante!
O terrible réveil d'une ardeur ſi puiſſante!
Iſaure, ce n'eſt plus cette douce langueur,
Qui nouriſſait enſemble & conſumait mon cœur;
C'eſt un feu dévorant que rien ne peut contraindre,
Irrité des efforts que j'ai faits pour l'éteindre:
C'eſt lui qui me ſoutient, & ſon fatal poiſon
A ranimé mes ſens, en troublant ma raiſon.
Si je pouvais bannir Raoul de ma mémoire,
Je ſens que j'en mourrais en pleurant ma victoire;
Je maudis les vertus que je veux embraſſer,
Je déteſte mon crime, & n'y puis renoncer.

ISAURE.

Ah! revenez à vous; ces honteuſes allarmes....

GABRIELLE.

Que ne puis-je effacer par de plus dignes larmes
La honte de ces pleurs que je verſe en ton ſein!
Ah! remplis, par pitié, ton devoir inhumain:
Oſe avec dureté me reprocher mon crime:
Dis-moi que ton Amie a perdu ton eſtime:
Redouble, aigris ma honte afin de me guérir,
On revient d'une erreur à force d'en rougir. —
Va, s'il eſt dans ces lieux, porte à ce cœur fidèle
D'un éternel exil la ſentence mortelle:
Mais adoucis les traits dont il faut l'accabler;
Hélas! en le frappant, cherche à le conſoler:
Dis-lui que ſes malheurs ſont toute ma ſouffrance,
Dis-lui que j'ordonnais.... & pleurais ſon abſence.
Quel emploi je te donne! Ah! la ſeule Amitié

Sait joindre le courage à la tendre pitié.
Va. — Le voici ! fuyons.

SCENE II.

COUCY, GABRIELLE, ISAURE.

COUCY.

(Entrant par où il est sorti l'acte précédent, & arrêtant Gabrielle.)

AH ! souffrez ma présence,
Cruelle ! je rougis de mon obéissance,
D'avoir fui par votre ordre un horrible danger,
Qu'avec vous & Monlac je reviens partager.

GABRIELLE.

Ce danger cesse enfin. Mais l'Honneur vous exile ;
Faïel ignore tout, il est parti tranquile :
Monlac, l'éblouissant de discours captieux,
Pour le mieux abuser ; est sorti de ces lieux :
Au récit qu'on m'a fait j'ai dû même comprendre, ...
(Si l'on ne cherche pas du moins à me surprendre)
Que Monlac vous attend assez près de nos murs :
Allez, vous connaissez tous les sentiers obscurs....

COUCY.

Mais, puisque nul péril ici ne vous menace,
D'un dernier entretien je demande la grace.

GABRIELLE.

Non....

COUCY.

Le plus saint devoir veut que vous m'écoutiez.

GABRIELLE.

Il veut que je vous fuie.

COUCY, *l'arrêtant.*

Ah! je meurs à vos pieds.

GABRIELLE.

Vous m'osez retenir!

COUCY.

Oui, je l'ose, inhumaine.

GABRIELLE, *avec impétuosité.*

Téméraire! c'est-là le vrai soin qui t'amène;
De mon fatal amour tu veux m'entretenir,
De mes regrets honteux m'accabler à loisir,
M'enivrer de mon crime! — Ah! ce transport coupable
Enfin à ma vertu te rend moins redoutable;
Raoul veut devenir indigne de mon cœur,
Il faudra le haïr, — c'est mon plus grand malheur.

COUCY, *la retenant encore.*

Ingrate! rougissez d'un soupçon qui m'outrage:
A vous parler encor c'est l'Honneur qui m'engage.

(*Elle commence à l'écouter.*)

Tantôt du faible amour les plaintives douleurs,
En nous attendrissant, ont relâché nos cœurs;
La mort fut votre espoir & votre unique envie: —
Je veux qu'un beau triomphe assûre votre vie.
C'est moi qui la troublai, seul j'en fais le tourment;
Renoncez — pour jamais — à ce funeste Amant.
Ciel! — Et Raoul prononce un arrêt si terrible!
Oui; j'exige de vous ce qui m'est impossible.

Mais nos cœurs ont besoin, dans ce moment cruel,
De se prêter encore un secours mutuel :
Pour regler mon destin, c'est vous que je contemple;
Et ma vie ou ma mort — dépend de votre exemple :
Fixez, encouragez mes esprits éperdus;
L'un à l'autre, en tout tems, nous dûmes nos vertus.

GABRIELLE, *avec douceur.*

Eh bien ! mon cher Raoul, que des chaînes si belles,
Que formaient ces vertus, soient toujours dignes d'elles.

(*Avec une véhémence qui s'échauffe par degrés.*)

Les grandes Passions naissent dans un grand Cœur,
Qui les sent fortement, sait en être vainqueur;
Le courage n'est point dans la froideur Stoïque,
C'est une ame de feu qui seule est Héroïque.
Je sens que notre amour ne se peut étouffer,
Mais c'est en l'épurant qu'il en faut triompher.
Songe, en nos premiers ans, quelles rapides flâmes,
Au seul nom de Vertu, venaient saisir nos ames;
Comme, leur union redoublant leur vigueur,
Toutes deux s'excitaient, se portaient vers l'Honneur;
Comme l'Amour lui-même, à la Gloire fidèle,
Fut un flambeau de plus qui nous guida vers elle :
Tu viens de rallumer le même zèle en moi;
Je vois qu'à mes discours il se réveille en toi.
Prévenons à l'instant, dans l'ardeur qui nous presse,
Quelque lâche retour, quelque indigne faiblesse;
Profitons du transport qui vient nous émouvoir,
Promettons-nous de vivre, & de ne plus nous voir.
Tandis que, loin des Rois, je vais dans ces asyles
Consacrer tous mes jours à des vertus tranquiles;
Sur un plus grand Théâtre en triomphe porté,
Oracle de la France & de l'Humanité,

Présentez aux Mortels le flambeau du Génie ;
En éclairant le Monde honorez la Patrie.
Ami de votre Maître, allez devant ses pas
Être encor son Egide au milieu des combats :
Et, de vos grands succès m'offrant toujours l'hommage,
Quand l'Amour vous viendra retracer mon image ;
Alors de vos vertus me croyant le témoin,
Pour les accroître encor prenez un nouveau soin :
C'est ainsi qu'éloignant l'ombre même du crime,
Notre amour deviendrait un sentiment sublime,
Et que malgré l'Hymen, le Devoir & le Sort,
Nous pourrions à jamais nous aimer sans remord.

COUCY.

Où suis-je ? — Quelle ivresse en mes sens excitée !...
Par un torrent de feu mon ame est emportée.
Que je sens de plaisirs & de tourmens divers !
Quel cœur m'avait choisi ! Quelle Amante je perds !
Son excès de vertu me désole & m'enchante.
Vergy, par votre voix que la Gloire est puissante !
Quel est de la Beauté le charme séducteur,
Qui peut, contre elle-même, armer un faible cœur !
C'en est fait. Je dois compte au Monde, à ma Patrie,
Des trésors dont par vous mon ame est enrichie.
Combien je serais vil de les ensevelir !
C'est votre ouvrage en moi qu'il me faut embellir.
Sûr d'être encore aimé, je renais pour vous plaire,
Je vivrai pour la France à nos deux cœurs si chère,
Pour tant d'Infortunés, — qui le sont moins que nous !
Je veux entendre dire à cent Héros jaloux :
» Raoul, sans nul espoir, privé de Gabrielle,
» Eut la force de vivre & d'être aussi grand qu'elle.

GABRIELLE.

Je reconnais Raoul; ce glorieux Vainqueur,
S'il l'eût moins mérité, n'aurait pas eu mon cœur. —
Il eſt tems d'exercer ma conſtance & ſon zèle;

(*D'un ton ému.*)

Allons. — Séparons-nous.

COUCY, *en frémiſſant, & après un peu de ſilence.*

Mon courage chancèle.

GABRIELLE, *le regardant avec fermeté.*

Non, Seigneur.

COUCY.

Pardonnez. — Prêts à ſe ſéparer,
Nos cœurs, par plus de nœuds, ſemblent ſe reſſerrer.
Triomphe douloureux plein d'horreurs & de charmes!

GABRIELLE.

Eh! me coûte-t-il moins? — Dérobons-lui mes larmes.

(*Elle s'éloigne.*)

COUCY, *la ſuivant.*

Ah! je les ſens tomber juſqu'au fond de mon cœur.

GABRIELLE, *qui s'eſt arrêtée.*

Cher Raoul.... pour jamais.... Hélas!...

(*Avec effort & vivement, en s'éloignant davantage.*)

Adieu, Seigneur.

COUCY, *s'éloignant de ſon côté.*

Adieu.

GABRIELLE, *à Iſaure.*

Toi, va l'aider à cacher ſa retraite.

(*Il ſort par la Couliſſe par laquelle il eſt entré; Iſaure le ſuit.*)

SCENE IV.

GABRIELLE, *seule.*

TA loi sévère, ô Ciel! doit être satisfaite.
Nous venons d'épuiser, dans ces combats cruels,
La constance permise à de faibles Mortels.
A tes puissans secours mon ame s'abandonne :
Ta bonté met un prix aux vertus qu'elle donne.
Prends soin de ce Héros, de ses jours précieux :
L'aurais-tu ramené pour le perdre à mes yeux? —
Mais... j'entends retentir le signal des allarmes. —
Le bruit croît, il approche; & le fracas des armes....

(*A Isaure qui rentre.*)

Ah! que devient Raoul?

ISAURE

Madame, il est perdu.

GABRIELLE.

Que vois-je!

SCENE V.

FAÏEL, COUCY, GABRIELLE, ISAURE, ALBÉRIC, GARDES.

FAÏEL, *poursuivant Coucy qui se débat contre lui & ses Gardes.*

Rends ce fer.

COUCY.

Tu ne m'as point vaincu;
Je brave encor le nombre.

(Son épée tombe, Albéric s'en saisit.)

FAÏEL.

Albéric, qu'on l'enchaîne.

(A Coucy.)

Va, tout était prévu : la résistance est vaine.

(A des Gardes.) *(A Coucy & à Gabrielle.)*

Vous, ouvrez ce Portique. Et vous, vils Scélérats,
Voyez votre Complice immolé par mon bras.

(On leur montre dans la Coulisse Monlac mort.)

GABRIELLE.

Ciel !

COUCY.

Monlac égorgé !

GABRIELLE, *à Isaure.*

Que n'as-tu pû me croire !

COUCY, *allant vers le corps de Monlac.*

(A Faïel.)

O Mon ami ! — jouïs de ta lâche victoire,
Monstre.

FAÏEL, *tranquilement.*

Voilà l'essai des châtimens affreux,
Que mon juste courroux vous réserve à tous deux.

(Avec fureur.)

Traître, tu prétendais voiler ta perfidie,
Comme en ce jour de crime où, partant pour l'Asie,
Ton amour insolent vint ici m'outrager :
Mais toi-même as pressé l'instant de me venger.
Tantôt, à mon retour, ma recherche inutile
M'a fait voir qu'en secret retiré dans la Ville,
Tu paraîtrais bien-tôt au bruit de mon départ :
Et moi, qui dédaignais les souplesses de l'Art,
Jusqu'à feindre à mon tour il m'a fallu descendre.
Te voilà dans le piége où tu m'as cru surprendre ;
Et que vos noirs complots, vos infâmes détours
Tendaient à mon honneur, & peut-être à mes jours.

(Il le prend, & le traîne vers sa femme.)

Viens, que ton sang sur elle à l'instant rejaillisse :
Malheureuse, sa mort commence ton supplice.

(Il veut le percer.)

GABRIELLE, *se jetant sur lui.*

Arrêtez.

ALBÉRIC, *l'arrêtant.*

Ah ! Seigneur !

COUCY.

Ah! Tigre furieux,
Frappe; je meurs content, si je meurs à ses yeux.
Mais ne fais point outrage à ses vertus sublimes.
Faut-il, pour m'immoler, lui supposer des crimes?
Qui nous? contre tes jours tramer quelque dessein! —
Sans doute, quand tes feux m'allaient ravir sa main,
Si, de ce coup fatal, j'avais eu connaissance,
Tu m'aurais vu bien-tôt, armé par la vengeance,
Même aux yeux de son Père osant te défier,
L'obtenir ou la perdre en digne Chevalier.
Mais toi, pour m'égorger sans armes, sans défense,
De forfaits inventés tu noircis ma vaillance!
Eh bien! vil imposteur, j'ose te démentir:
Devant la France entière, avant que de mourir,
Je déclare innocens Monlac, moi, — Gabrielle:
Tu n'es plus son Epoux, tu t'es armé contre elle.
La Loi des Chevaliers, que trahit ta fureur,
A sa gloire, à ma mort, promet plus d'un vengeur.

FAÏEL.

La Loi des Chevaliers! c'est moi qui la reclame:
Je respecte ton titre en méprisant ton ame.

(*A ses Gardes.*) (*A Coucy.*)

Qu'on lui donne une armure. Allons au Champ d'Honneur:
Ma justice y remet son glaive à ma valeur.
Je pourrais te punir, j'en ai le droit, sans doute;
Tu croirais, en mourant, que Faïel te redoute?
Non. Français comme toi, l'honneur de me venger
M'offre un plaisir de plus à l'aspect du danger.

COUCY.

Ah ! ton cœur une fois s'est montré digne d'elle !
Marchons.

GABRIELLE, *se mettant entr'eux.*

Qu'allez-vous faire ? Et quelle horreur nouvelle !
(*A Coucy.*)
Téméraire, arrêtez. Qui ? vous ! Barbare ! vous !
Plonger vos bras sanglans au sein de mon Epoux !
Vous, charger ma vertu d'un affreux parricide !
Je maudis & l'amour & l'espoir qui vous guide.
Votre abord en ces lieux m'apportait le trépas,
Vous deviez le prévoir ; — & je ne m'en plains pas,
Vous hazardiez vos jours en exposant ma vie.
Mais que votre imprudence & la mienne s'expie ;
Et, si nous ne pouvons détromper son courroux,
C'est à vous de mourir, puisque je meurs pour vous.
(*A Faïel.*)
Vous, Seigneur, écoutez....

FAÏEL, *avec la dernière violence.*

Que pourrais-tu me dire
Qui, de ton lâche amour, ne servît à m'instruire ?
A mes yeux, malgré toi, perçant de toutes parts,
Tu m'en rends le témoin, il parle en tes regards :
Dans tes moindres discours mon déshonneur s'imprime. —
Il t'aime, il est aimé, voilà ton double crime.
Ah ! tu portes la Mort & l'Enfer dans mon cœur : —
(*Montrant Coucy.*)
Tu mourras avec moi, quand il serait vainqueur.
Soldats, loin de mes yeux, entraînez l'Infidelle :

Sur l'ordre d'Albéric vous diſpoſerez d'elle.

(*On l'entraîne.*)

COUCY, *aux Soldats.*

Barbares, de ſes jours vous répondrez au Roi.

FAÏEL.

Seul, je réponds pour vous; n'obéiſſez qu'à moi.

(*A Coucy en le prenant par la main.*)

Viens aſſouvir la ſoif qui tous deux nous dévore,
L'ardente ſoif du ſang d'un Rival qu'on abhorre.
Ingrate! puiſſions-nous l'un par l'autre périr!
Que tout ce qui t'aima ſe puiſſe anéantir!

Fin du quatriéme Acte.

ACTE

ACTE V.

Le Théâtre représente un Cachot où l'on voit une Table de pierre & deux Siéges. La Table est en partie cachée par un pilier.

SCENE PREMIERE.

GABRIELLE, *seule, assise près de la Table, sur laquelle il y a une lampe.*

AH ! que ma dernière heure est douloureuse & lente !
Voici donc mon Sépulchre ; on m'y plonge vivante !
O suprême Justice ! après tant de rigueur,
Daignez juger vous-même entre vous & mon cœur.
Hélas ! un cœur sensible est un présent céleste,
Pourquoi de tous vos dons est-il le plus funeste ?
Tant de traits, dont le mien s'est senti déchirer,
Quel crime volontaire a pu les attirer ?
Est-il, dans l'Univers, une ame infortunée
Qui, voyant mes malheurs, plaignît sa destinée ?

Mais on ne m'apprend rien de ce combat cruel.
Ou vainqueur, ou vaincu, je crains tout de Faïel ;
Sans doute il me réserve à quelque horreur secrette. —

(*Avec vivacité.*)

Raoul est en danger, & mon sort m'inquiète !
Raoul, les Sarrasins ont épuisé ton flanc ;
Comment défendrais-tu les restes de ton sang ?
De tes bras affaiblis à peine as-tu l'usage,
Tes languissantes mains vont trahir ton courage. —
Que fais-je ? — O mon Époux ! pleine d'un lâche effroi,
Mon ame formerait quelques vœux contre toi !

(*Elle se lève.*)

Non, fais-moi périr seule, & par mes justes peines,
Taris, avec mon sang, la source de vos haines :
Gardez tous deux vos coups aux rivaux des Français ;
Laissez ce faux Honneur, le Père des forfaits.
Eh ! pour qui bravez-vous l'Humanité trahie ?
Est-ce à moi de coûter un Fils à la Patrie ? —
On m'apporte la mort, mes destins sont trop doux.

SCENE II.

GABRIELLE, ALBÉRIC, *suivi de deux Gardes.*

GABRIELLE.

EH bien ? Faïel, Raoul ?....

ALBÉRIC.

Vous n'avez plus d'Époux.

GABRIELLE.

Grand Dieu !

ALBÉRIC.

Près de la Tour que sa crainte cruelle,
Pour mieux veiller sur vous, confiait à mon zèle,
J'ai vu ce long combat, où la seule fureur,
Madame, a remplacé l'adresse & la valeur.
Deux Guerriers n'ont jamais, dans un Champ de carnage,
Laissé tant de débris témoins de leur courage.
Leurs Lances dans les airs ont volé par éclats ;
Les Glaives fracassés sont semés sous leurs pas ;
De cent coups redoublés les Casques retentissent ;
Des Boucliers rompus mille éclairs rejaillissent :
Mais par un coup plus sûr mortellement percé,
J'ai vu de son Coursier votre Époux renversé,
Et Raoul, triomphant sur la sanglante arène,
S'élancer vers ces lieux pour briser votre chaîne.

GABRIELLE, *avec véhémence.*

Courez, contre Raoul, défendre ce Palais;
Je m'immole à ses yeux, s'il y rentre jamais.

SCENE III.

GABRIELLE, DEUX GARDES.

GABRIELLE.

Cruel! dans ces climats conduit par la vengeance,
Voilà de ton retour l'objet & l'espérance!
Et pendant ce combat, peut-être la terreur
A parlé pour toi seul dans le fond de mon cœur:
Peut-être, d'un Époux trahissant la mémoire,
Je ne vois que tes jours sauvés par ta victoire.

(*Avec un sombre accablement.*)

O malheureux Faïel! ô crime! affreux remord!
Pour prix de ton amour, j'ai pu causer ta mort!
Je suis donc parricide. — Ah! son Ombre plaintive
Poursuivra, l'œuil en feu, son Epouse craintive;
Jusques dans les Enfers il sera mon bourreau.

(*Avec éclat.*)

Anéantis, grand Dieu, dans la nuit du tombeau
Cette Coupable, hélas! que ta haine a formée
Pour percer en tout tems les cœurs qui l'ont aimée. —
Mais quel spectacle horrible effraye encor mes yeux?
Mon Époux expirant qu'on apporte en ces lieux!

SCENE IV.

FAÏEL, GABRIELLE, ALBÉRIC, GARDES, *avec des Flambeaux.*

GABRIELLE.

PUNISSEZ-moi, Seigneur; votre mort est mon crime.

FAÏEL, *blessé, soutenu par des soldats, & le corps entouré d'une écharpe.*

Tu seras satisfaite. — Eloignez ma victime;
Que mes ordres vengeurs soient promptement suivis;
Vous la ramenerez quand ils seront remplis.

GABRIELLE, *qu'on emmène.*

Ah! je vois vos malheurs, voilà mes vrais supplices.

SCENE V.

FAÏEL, ALBÉRIC, GARDES.

FAÏEL, *s'asséyant près de la table.*

JE t'en réserve encor, dont je fais mes délices:
C'est le soin qui m'amène en ces murs ténébreux.

ALBÉRIC.

Eh quoi! blessé d'un coup peut-être dangereux....

FAÏEL.

Raoul ne m'a porté qu'une atteinte peu sûre ;
Il se croyait vainqueur en voyant ma blessure.
Relevé par d'Armance & prompt à me venger,
Au sein de mon Rival mon bras s'est pu plonger ;
Nous mourons satisfaits, teints du sang l'un de l'autre. —
Perfide, ton trépas suivra de près le nôtre.

ALBÉRIC.

Calmez ce noir courroux : je vous ai dit, Seigneur,
Qu'au bruit de votre mort Gabrielle en fureur,
Et maudissant Raoul....

FAÏEL.

Est-elle moins coupable ?
Leurs secrets entretiens & leur fourbe exécrable....
Par le sang de Raoul leur forfait est écrit ;
Le Ciel fut notre Juge & le Ciel le punit.
Soldats, cachez sa mort : je veux que la Cruelle,
En croyant qu'il triomphe, ait son Cœur devant elle.

(Un soldat sort pour porter cet ordre.)

ALBÉRIC.

Mais votre sang versé....

FAÏEL.

Les restes de ce sang,
Par la rage allumés, bouillonnent dans mon flanc :
Il semble que soudain, de mon cœur élancées,
Des flâmes ont rempli mes veines épuisées :
Va, je ne mourrai pas de ce coup incertain ;
Quand je serai vengé, je mourrai de ma main.

ALBÉRIC.

Quel projet ! Ah ! vivez....

FAÏEL.

Je déteste la vie.
Il n'est plus au pouvoir de ce cœur en furie,
Qui cherche le trépas, mais qui veut le donner,
De survivre à l'Ingrate, ou de lui pardonner.
Si le Trône du Monde eût été mon partage,
Je ne l'aurais aimé que pour t'en faire hommage :
Je te donne, en pleurant, la mort que je te doi ;
Que puis-je pour l'Amour ? — M'immoler après toi.
Albéric, quand l'Amour s'empara de mon ame,
Je prévis cette fin de ma funeste flâme ;
Je ne sçais quel effroi, quelle sombre douleur
Vint troubler les transports de ma naissante ardeur :
Un noir pressentiment, une horreur inouie,
M'annonça dans l'Amour le malheur de ma vie.

(*On apporte un Vase couvert & une Lettre ; on les pose sur la Table.*)

Tout est prêt ! — Repaissons mes yeux de ses tourmens. —
J'en contemple à loisir les premiers instrumens.

(*Il prend la Lettre & la montre à Albéric.*)

Reconnais le Billet, où leur lâche imposture
M'enseigna l'art cruel de venger mon injure.

(*Mettant la main sur le Vase.*)

Tu recevras ce don par Raoul inventé :
Ce don devient affreux par mes mains présenté.

(*Découvrant le Vase.*)

Sur ce Cœur tout sanglant qu'ici ton cœur gémisse ;

(*Le recouvrant.*)

L'objet de ton amour en sera le supplice.

ALBÉRIC.

Quoi !

FAÏEL, *se levant.*

Quel plaisir pour moi, quand son œuil égaré,
S'arrêtant sur le Cœur qui me fut préféré,
Verra, pour châtiment, ce gage de ses crimes !
Je mourrai triomphant près de mes deux victimes.
Elle vient.

(*Il frémit.*)

SCENE VI.

FAÏEL, GABRIELLE, ALBÉRIC, GARDES.

GABRIELLE, *à Faïel.*

TERMINEZ l'horreur où je me vois,
L'attente de la mort fait mourir mille fois.

FAÏEL.

T'a-t-on dit que Raoul, pour fruit de sa victoire,
De t'enlever ici recherche encor la gloire :
Qu'après m'avoir pour toi percé du coup mortel,
Pour forcer ta prison, il n'attend que Rhétel ?

GABRIELLE.

Frappez, & prévenez sa coupable espérance.

FAÏEL.

(*Lui donnant le Billet.*) (*Lui montrant le Vase.*)

Tiens, voilà ton Arrêt. — Et voici ma vengeance ;
Prends, juge si Raoul doit encor m'allarmer.

(En allant prendre le Vase, elle jette un regard sur Faïel; il la retient.)

Arrête. — Son regard vient de me désarmer;
Il faut craindre ses pleurs, son désespoir extrême;
Et détourner les yeux en frappant ce qu'on aime.
Ma fureur est au comble. — Et mon amour plus fort. —
Oui, je veux qu'elle meure. — Et ne puis voir sa mort;
Sortons.

(Les Gardes s'en vont avec lui, & emportent les flambeaux, il ne reste que la lampe.)

SCENE VII.

GABRIELLE, *seule, tenant encore la Lettre.*

Que je le plains! — Mais l'écrit qu'il me laisse...
Hélas! traçant ces mots si chers à ma tendresse,
Raoul ne croyait pas vivre encore après moi.

(Elle lit.)

» Mon cœur est plus heureux, il reste auprès de toi. —
Allons. — Voici la fin de mon affreux supplice;

(Elle regarde le Vase couvert.)

Et des dons de Faïel le seul que je chérisse:
Mon cœur, vers ce poison, s'élance avec transport.

(Elle s'approche de la Table, y met la Lettre, pose la main sur le Vase.)

Raoul, — tu me survis! — je dois bénir mon sort.

(Elle découvre le Vase, & jette un cri terrible.)

Ciel ! — un Cœur tout ſanglant ! ô noirceur effroyable !
(D'une voix ſourde & briſée.)
Ah ! Raoul ! — C'en eſt fait.

(Elle tombe ſur le Siége. Il eſt néceſſaire d'obſerver encore que le Vaſe eſt fait de manière que le Spectateur ne voit rien.)

SCENE VIII.

GABRIELLE, ISAURE.

ISAURE, *entrant & parlant aux Gardes qui ſont à la porte en dehors.*

Vous la croyez coupable ;
Je ſuis donc ſa Complice, & le ſuis ſans remord ;
Laiſſez-moi partager ſes tourmens & ſa mort.

(Elle avance vers Gabrielle, qui lui fait un geſte ſans pouvoir parler.)

Quoi ! que me montrez-vous avec tant d'épouvante ? —
(Aïant regardé le Vaſe.)
O crime ! — Gabrielle ! Ah ! je la vois mourante,
Immobile, l'œuil fixe, attaché ſur ce Cœur,
Qui ſemble ſur lui ſeul concentrer ſa douleur ;
Pâle, froide, inſenſible, & comme anéantie ;
Tâchons de ſoulever ſa tête appeſantie.
(Elle lui ſoulève la tête.)
Elle veut me parler. — Ses efforts impuiſſans
Ne trouvent dans ſon ſein que des gémiſſemens.

C'est la mort. Oui, ce sont ses muettes allarmes,
Meurtrières douleurs qui n'ont ni cris, ni larmes.
(Gabrielle se lève avec une espèce de convulsion.)
Mais quels profonds sanglots, & quels transports soudains!

GABRIELLE, *égarée.*

Raoul, mon cher Raoul! ....

(Elle retombe.)

ISAURE.

Permettez que mes mains
Eloignent....

(Elle veut ôter le Vase.)

GABRIELLE, *l'arrêtant.*

Sur ton Cœur, ah! que le mien expire.

ISAURE, *recouvrant le Vase, le met derrière le pilier.*

De ses sens égarés déplorable délire!

GABRIELLE, *regardant à l'endroit où était le Vase, & croyant toujours le voir.*

Cher Amant, le voilà sous mes yeux éperdus
Ce Cœur où je régnai, mais.... où je ne suis plus!
Errante autour de lui, ton ame fugitive
Se plaint, m'appelle, attend que la mienne la suive.
(Elle se relève.)
Ce Cœur auprès du mien semble se ranimer,
Dans ce vase odieux je vois ton sang fumer...

(Elle retombe.)

ISAURE.

Non, vous ne voyez plus ce triste objet d'allarmes.

GABRIELLE.

Je veux l'ensevelir dans un torrent de larmes. —

Hélas ! mes yeux glacés cherchent en vain des pleurs ;
Mes cris font étouffés fous le poids des douleurs.

ISAURE.

Madame, votre Père entré dans cette Ville...

GABRIELLE, *montrant toujours la place où était le vase.*

De tous les Opprimés ce Cœur était l'afyle.

ISAURE.

Reprenez vos efprits. Votre Père & Rhètel
Arrivaient à l'inftant, & demandaient Faïel :
Ils vont, trop tard, hélas ! détromper fa furie :
Mais pour l'amour d'un Père il faut fouffrir la vie.

GABRIELLE, *dans fon égarement & croyant voir fon Père.*

C'eft vous, mon Père ! — Eh bien ! contemplez mes malheurs,
Ce fang, ce Cœur, ces morts, cet appareil d'horreurs.
Qui plongea votre Fille en cette abîme immenfe ?
Qui ? — l'abus de vos droits & mon obéiffance.
(*Elle retombe appuyée fur la table & affaiffée par la douleur.*)

ISAURE.

Quel bruit ai-je entendu ? - — C'eft fon barbare Époux ;
Eploré, chancelant, il fe traîne vers nous.
Tigre, viens voir encor, dans ton infâme joie,
Sous tes coups fe débattre & palpiter ta proie.

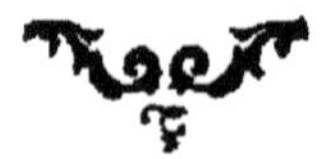

SCENE IX. ET DERNIERE.

FAÏEL, GABRIELLE, ISAURE, GARDES, *avec des flambeaux.*

FAÏEL, *les cheveux épars, & dans le plus grand désordre.*

QU'AI-JE appris? — Ah! cruels, laissez-moi mon erreur:
Rhétel, en m'éclairant, tu combles mon malheur.
Elle était innocente! — ô Crime irréparable!
(*A ses soldats.*)
Vengez-vous, vengez-la d'un Monstre impitoyable;
Je viens d'offrir au Monde, au Ciel épouvanté,
Un prodige d'horreurs par moi seul inventé. —
(*A Albéric, en tombant dans ses bras.*)
Mais parle. Je ne puis lever les yeux sur elle;
Respire-t-elle encore?

ALBÉRIC.

Oui, Seigneur.

FAÏEL, *d'une voix faible, & s'approchant d'elle.*

Gabrielle!

GABRIELLE, *toujours égarée & lui jetant un coup-d'œuil sans voir.*

Mon Père! — approchez-vous? — ouvrez moi donc vos bras.
(*Faïel lui tend les siens, elle s'y jette.*)
J'y meurs digne de vous, & vous n'en doutez pas;

J'immolais mon Amant à l'Epoux qui me tue. —
Mais empêchez Faïel de venir à ma vue
Compter tous les degrés de mes affreux tourmens,
Insulter & sourire à mes derniers momens.

FAÏEL, *désespéré.*

Non; je viens implorer le plus cruel supplice.

GABRIELLE, *le reconnaissant à la voix & se rejetant sur la table avec un cri d'horreur.*

Ah!.... je meurs.

FAÏEL, *lui présentant son épée.*

Prends ce fer. Que ta main me punisse.
Qu'il déchire mon cœur par la douleur brisé,
Dévoré de remords, par la honte écrasé :
Mes yeux, avec terreur, ont vu ton innocence. —
C'est à mon désespoir à remplir ta vengeance.

(*Il veut se tuer.*)

ALBÉRIC, *le désarmant.*

Seigneur, que faites-vous?

FAÏEL.

Rendez-moi par pitié
Ce fer, le seul secours que me doit l'Amitié :
Donne, — ou frappe toi-même. Ah! ma femme outragée
Mourra moins malheureuse en se voyant vengée.
Que ses derniers regards, tournés vers son Époux,
Sur un Monstre puni s'arrêtent sans courroux.

GABRIELLE, *revenant de son évanouissement, & regardant le Vase.*

Raoul!....

FAÏEL.

(*Otant le Vase & le donnant à un Garde qui l'emporte.*)

Délivrez-la de ce spectacle horrible.

GABRIELLE, *tendant les mains machinalement.*

Il t'arrache à mes mains, Objet cher & terrible !
Eh ! quel nouveau forfait a-t-il donc apprêté ?

(*Regardant Faïel.*)

Isaure, le vois-tu ? — Ce Tigre ensanglanté
S'acharne à déchirer les restes du carnage.
Vois ce Cœur palpitant que frappe encor sa rage ;
Sous les coûteaux tranchants j'entends ce Cœur gémir ;

(*Faïel désolé tombe sur un siége.*)

Vois ses lambeaux épars que Faïel vient m'offrir. —
Arrête, Monstre, arrête. — Eh quoi ! tes mains fumantes
Osent porter ce Cœur sur mes lèvres sanglantes !

FAÏEL.

Dieu ! suis-je assez puni ?

GABRIELLE, *respirant à peine, & d'une voix éteinte.*

Ce coup finit mon sort,
Tout mon sein se remplit des glaces de la Mort.

(*Elle prend la Lettre.*)

O moitié de mon cœur, à qui l'autre ravie,
Dans un trépas si long vécut anéantie,
Avec toi je la sens enfin se réunir ;
Je renais un moment à mon dernier soupir.

(*Elle expire.*)

FAÏEL, *se levant avec transport.*

Elle meurt ! — Je la suis. — J'en vois la route sûre.

(*A part.*)

O parricides mains, déchirez ma blessure ;
Que mon ame & mon sang, qui brûlent de sortir,
Par ce triste chemin se puissent affranchir.

(*Il veut arracher l'appareil.*)

ALBÉRIC.

Secondez-moi, d'Armance, arrêtons sa furie.

FAÏEL, *repousse Albéric, se jette sur d'Armance, prend son poignard & se frappe.*

Mon bras seul m'est fidèle, il termine ma vie.
(*Il tombe aux pieds de sa femme,*)
Ah ! j'expire à tes pieds. — Amis, qu'un seul tombeau
Avec elle.... & ce Cœur.... enferme leur bourreau.
(*Il prend la main de Gabrielle.*)
Ton ame fuit en vain mon ame qui l'adore ;
Qu'à ta main, malgré toi, ma main s'unisse encore. —
Impitoyable Amour, où nous as-tu conduits ?
(*En se montrant.*) (*Montrant Gabrielle.*)
Les crimes.... les malheurs.... Voilà tes dignes fruits.

FIN.

APPROBATION.

J'Ai lû, par ordre de Monseigneur le Chancelier, *Gabrielle de Vergy*, Tragédie ; & je n'y ai rien trouvé qui ne dût en faire desirer l'impression. A Paris ce 8 Novembre 1769.

CREBILLON.

Le Privilége se trouve à la fin de *Gaston & Baïard*.

De l'Imprimerie de la Veuve SIMON, Imprimeur de S. A. S. Monseigneur le Prince de Condé, rue des Mathurins, 1770.

www.ingramcontent.com/pod-product-compliance
Ingram Content Group UK Ltd.
Pitfield, Milton Keynes, MK11 3LW, UK
UKHW021543260726
13993UKWH00002B/604

9 782329 313443